MES LÈVRES SONT MORTES À MINUIT

DU MÊME AUTEUR

Démons de midi, L'Archipel, 2013.
Violon amer, L'Archipel, 2009.
Morue !, L'Archipel, 2006 ; Archipoche, 2007.
Connard !, L'Archipel, 2005 ; Archipoche, 2006.
La Samouraï, L'Archipel, 2004.
Les Fleurs de l'âge, L'Archipel, 2003.
La Vestale, Michel de Maule, 2001 ; Archipoche, 2009.

ARIÈLE BUTAUX

MES LÈVRES SONT MORTES À MINUIT

roman

suivi de

LE CHOIX DU ROI

ÉCRITURE

Notre catalogue est consultable à l'adresse suivante :
www.editionsecriture.com

Éditions Écriture
34, rue des Bourdonnais
75001 Paris.

ISBN 978-2-35905-173-5

Mes lèvres sont mortes à minuit
Au premier son du carillon
Dont les douze coups m'ont réduite
En une pluie de cotillons…

L, « Mes lèvres »

1

En blouse blanche, gants de latex et sacs en plastique resserrés aux chevilles, Malika fit une courte pause pour contempler son lieu de travail. Blanc. Aveuglant comme le flash du photographe. Immaculé du sol au plafond. Non pas un blanc uniforme, mais un nuancier quasi complet de toutes les non-couleurs comprises entre la neige sous le soleil de midi et la coquille d'œuf pâlichonne. Canapés nivéens, rideaux lactescents, moquette ivoirine et, plaqués aux murs crayeux, les chefs-d'œuvre en blanc et blanc du maître des lieux. Cette perfection était l'œuvre chaque jour renouvelée de Malika, employée aussi consciencieuse que peu rancunière envers sa patronne, pour qui elle n'était qu'un mal nécessaire. Un mal, parce que Malika gagnait sa vie à la sueur de son front et que la sueur, Madame n'aimait pas. L'air dégoûté qu'elle avait pris lorsque, pour la première fois en deux ans, elle était venue dans la chambre de bonne récupérer un double de ses clés ! Malika avait eu honte des traînées vertes dans le lavabo mille fois récuré, de la vaisselle toujours un peu grasse parce que l'eau chaude n'arrivait qu'un jour sur deux, du lit pliant jamais vraiment à l'horizontale, de la couverture grise de la SNCF. Elle avait ressenti comme une insulte le regard de Madame sur les taches de la tapisserie. Ces taches étaient déjà là quand Malika avait emménagé, et il en poussait toujours de nouvelles. L'humidité, sans doute, qui laissait aussi une odeur de vieille serpillière que Malika ne parvenait pas à masquer. Madame avait froncé son joli nez sans rien dire mais, depuis, Malika avait l'impression d'être une malade contagieuse, comme si Madame lui en voulait d'habiter ce lieu misérable qu'elle lui avait elle-même octroyé comme partie non négligeable et en nature de son maigre salaire. Pourtant, Malika ne ménageait pas sa peine pour le maintenir propre, mais le détergent capable d'ôter sa grise mine à la pauvreté restait à inventer.

La jeune bonne se remit au travail en chantonnant. Elle avait beau scruter la moindre surface, elle n'y trouvait rien d'autre qu'une propreté immanente qu'il lui appartenait de maintenir telle quelle sans que cela lui coûtât d'effort. Dans cet appartement, la saleté n'accrochait pas. Sur les poignées de porte en inox poli, les empreintes digitales semblaient faites à l'encre invisible. Aucune odeur de friture dans la cuisine, des draps à peine froissés dans le lit, Malika ne nettoyait que du propre. Une autre qu'elle se fût peut-être réjouie d'être payée pour effacer toute trace de vie mais, dehors, le soleil d'avril invitait à redécouvrir la ville ou, au moins, à ouvrir la fenêtre et chanter à tue-tête. Mais Madame lui avait interdit de faire du bruit. Tout devait être doux, feutré, silencieux. Alors Malika se rattrapait un peu avec l'aspirateur, mais ce n'était pas le même plaisir.

Au début, lorsque Malika regagnait sa chambre, ses yeux étaient si propres d'avoir erré dans l'appartement parfait qu'ils se blessaient sur les moindres détails de son triste logis. Le contraste était choquant, violent même. Alors elle avait trouvé une parade : quelques dés à coudre de poussière cachés sous une commode, une imperfection rassurante dont elle seule avait connaissance. Avant de quitter son travail, elle se mettait à quatre pattes pour vérifier que nul n'avait fait disparaître son trésor.

Sur la cheminée dans laquelle ne brûlait jamais aucun feu, Madame souriait dans un cadre argenté. Madame s'appelait Laura. C'était écrit autour de son cou en petites lettres d'or. Au cas où elle se perdrait. Ou bien oublierait son propre nom. Tellement décolorée, maquillée, pomponnée que Malika, fascinée, se demandait à quoi elle pouvait bien ressembler sans ses peintures de guerre, ou si elle se reconnaissait le soir lorsqu'elle remettait sa peau à nu. Depuis deux ans, Laura restait pour la jeune bonne un étonnant mystère. Malika ne touchait jamais à la photo, sauf pour en épousseter le cadre, mais elle la scrutait de temps en temps, cherchant à en percer les secrets. Madame souriait sur la photo, mais son regard était celui de quelqu'un qui aurait préféré être ailleurs. Un regard triste. Triste, alors que la vie lui avait donné tellement plus qu'à la joyeuse Malika ! De l'argent, un beau mari, élégant, gentil, lui passant tous ses caprices. Malika le soupçonnait même d'être autonettoyant ! Loin d'envier la vie de ses patrons, elle avait cette simplicité d'âme grâce à laquelle côtoyer le bonheur, ou du moins son apparence, suffisait à la rendre heureuse. Seules les belles journées ensoleillées assombrissaient un peu son humeur. Quel gâchis, soupirait-elle, de devoir rester enfermée à briquer, astiquer, traquer la bactérie jusque dans ses plus intimes retranchements alors que tout était déjà propre ! C'était perdre son temps, le temps si précieux d'une vie qui, comme toutes les vies industrieuses et sans surprise, passait si vite et paraissait si long. Parfois, Malika avait la tentation de partir un peu plus tôt, convaincue que nul ne s'en apercevrait. Mais elle était honnête. Honnête et nécessaire.

Il était 12 h 45 ce mardi lorsqu'on sonna à la porte. En dehors de quelques réceptions pour le travail de Monsieur, les visites étaient rares. Malika tira sur son tablier et se pinça les joues, impeccable dans son rôle improvisé de gouvernante.

Sur le palier se tenait ce type de femme que l'on rencontre aussi bien en ville que dans certaines noces provinciales, c'est-à-dire pas du tout élégante mais qui aurait voulu l'être. Tailleur bien coupé mais couvert de faux plis car porté deux tailles en dessous des mensurations réelles de sa propriétaire, chemisier de soie artificielle, escarpins vernis aux talons entamés, vernis à ongles irisé posé en couches trop épaisses. Hélène fidèle à elle-même, autrement dit une belle plante faite pour le grand air mais que la cruauté du sort tentait de faire passer pour une orchidée de serre. Sous le fond de teint trop clair, on devinait une peau naturellement saine et colorée. Les yeux, un peu petits mais d'un bleu soutenu, étaient rétrécis par un trait de crayon noir incongru au-dessus des cils en paquet. Quant aux cheveux, ils devaient être à l'origine d'un châtain chaud plutôt harmonieux, ainsi qu'on le devinait entre les mèches décolorées. Hélène avait payé cher pour s'infliger ce désastre capillaire. Malika la regarda avec méfiance. Une femme qui portait d'anciens vêtements de Madame ne pouvait être tout à fait fréquentable.

— Bonjour, Malika, lança Hélène en tendant une main que celle-ci ignora. J'ai rendez-vous avec Laura.

Elle avait la voix mal posée des êtres qui, n'ayant pas réussi à trouver leur place, continuent de la chercher en endossant divers rôles.

— Madame est sortie, répondit sèchement Malika. Je peux prendre un message ?

— Tant pis, je vais l'attendre ! soupira Hélène en se laissant tomber sur un canapé.

— Vous ne devriez pas. Ça risque d'être long. Attention à votre chaussure, elle est tout près du tissu !

— Pardon ! Je ferais mieux de les enlever.

Malika eut un haut-le-cœur en voyant deux pieds, dont un chaussé d'un bas filé, reposer sur le coussin préféré de Madame, celui en cachemire blanc qu'elle mettait sous sa jolie tête lorsqu'elle lisait au salon. Elle était convaincue qu'Hélène mentait. Madame ne lui avait jamais donné rendez-vous. Sa désinvolture un peu agressive était typique d'une revendication inappropriée. Mais elle devait reconnaître que Madame n'avait pas d'autre amie et qu'elle recevait toujours assez volontiers Hélène, même lorsque celle-ci débarquait sans crier gare.

— Soyez gentille, Malika, apportez-moi du thé, s'il vous plaît !

Ce ton las et blasé, voilà qui était nouveau ! Mais Malika n'avait pas l'intention de servir de cobaye aux expériences comportementales d'Hélène.

— Excusez-moi, mais je ne suis pas payée pour faire le thé en l'absence de Madame. J'ai mon ménage à finir. Mais si vous y tenez, vous connaissez le chemin de la cuisine !

Hélène jeta à Malika un regard amusé. Cette fille lui avait toujours été sympathique malgré sa brusquerie. Comme tous ceux qui évoluaient autour de Laura, elle n'était qu'un papillon attiré par une lumière fatale. À ce titre, elle se sentait unie à elle par une solidarité plus ou moins consciente. Par ailleurs, Malika avait une gentille figure ronde sur laquelle s'aventuraient d'impertinentes boucles noires. Lorsqu'elle ne se savait pas observée, il lui venait aux lèvres un sourire façonné par la joie de vivre, la générosité, l'amour des autres. Elle jouait un rôle lorsqu'elle rabrouait Hélène, mais Hélène n'était pas non plus elle-même lorsqu'elle rendait visite à Laura. Qui aurait pu être libre de rire, d'éternuer ou de dire des gros mots dans un endroit pareil ? Pourtant Hélène y venait de son plein gré, tandis que Malika, au lieu d'y faire simplement son travail, y déployait un zèle que ne justifiait pas la manière dont on la traitait.

Hélène ouvrit une revue et déploya sur ses jambes un plaid dont la fonction était d'ordinaire purement décorative.

— Vous voyez, je m'installe ! dit-elle à Malika. Avec Laura, il faut savoir être patient. Elle nous fait déjà un tel honneur en nous laissant respirer l'air qu'elle expire !

Un sourire vite réprimé éclaira le visage de Malika. Cette Hélène était mal élevée, mais elle avait le sens de l'humour. Malika aimait rire, mais nul ne riait en présence de Madame. Le seul bruit autorisé était celui des conversations sans passion ou de la musique douce semblable à celle qu'on diffusait dans les instituts de beauté ou les ascenseurs. Comme à chaque fois qu'elle avait besoin de réprimer sa gaieté, Malika brancha l'aspirateur. Mais Hélène se leva d'un bond pour arracher la prise du mur.

— Arrêtez, malheureuse ! Vous ne voyez pas que c'est inutile ? Et j'ai une telle migraine…

Elle se renversa sur les coussins, endossant cette fois le rôle de la grande bourgeoise épuisée par une journée de soldes. Le bas filé et une doublure de jupe déchirée involontairement révélée ajoutaient à la vérité du personnage.

— Vous voulez que j'aille vous chercher quelque chose ? proposa Malika à contrecœur.

— Non, surtout pas ! Une petite conversation suffira. Dites-moi, Malika… Pour sortir ce matin, Laura portait bien un nouveau manteau, n'est-ce pas ?

— Sans doute, oui. Je ne le lui avais jamais vu.

— Parfait, Malika, parfait !

Les yeux gris d'Hélène brillaient comme ceux du chat de Chester dans l'imagination d'Alice.

— Et ce manteau, vous pourriez me le décrire ?

— Non.

— Allons, Malika ! Ne me dites pas que vous n'avez pas au moins remarqué sa couleur !

— Je n'ai pas dit ça. Mais je ne suis pas payée pour vous faire la conversation. Je dois passer l'aspirateur.

— C'est ridicule ! Il n'y a plus la moindre trace de poussière, le moindre micro-organisme vivant dans cette bulle pour leucémiques ! Vous n'aspirez que du vide !

— Pas du tout !

— Allons ! Si vous arrivez à me prouver le contraire, je vous laisse tranquille et je m'en vais !

Malika fut tentée de parler de la poussière cachée sous la commode, mais la crainte de s'attirer des ennuis l'en dissuada. Elle décida d'ignorer la provocation. Tout ce que cette femme voulait, c'était lui soutirer des informations sur Madame. C'était bizarre et malsain. Elle se réfugia dans la cuisine et se concentra sur l'évier. On avait beau inventer des avions de plus en plus rapides et recevoir des messages du bout du monde en une fraction de seconde, on ne pourrait jamais réduire le temps nécessaire à faire la vaisselle à la main. Malika fit couler l'eau tiède sur la porcelaine, le cristal et l'argent. Elle maniait l'éponge savonneuse avec délicatesse et un certain sentiment de sécurité. Ces gestes, sa grand-mère et sa mère les avaient faits avant elle. Elle les répétait tranquillement, à l'identique, sans crainte de mal comprendre les instructions souvent étranges de Madame. Au salon, par exemple, si Malika déplaçait des objets pour épousseter le dessus d'un meuble, elle devait les remettre exactement à la même place, c'est-à-dire vérifier à l'aide d'un mètre ruban que l'harmonie voulue par Madame était bien respectée. Dans la cuisine où Madame entrait rarement, Malika se sentait plus libre. Elle rinça en les caressant les ronds postérieurs des saladiers, l'esprit ailleurs mais en paix. La certitude d'être à la fois légitime et à sa place lui faisait presque oublier Hélène dont la pensée lui avait tout d'abord été aussi pénible qu'un caillou dans une chaussure. Elle perdait la notion du temps à jouer ainsi avec l'eau puis à sécher verres et assiettes à l'aide d'un torchon doux. L'heure de son service était largement dépassée lorsqu'elle remit sa montre. Elle ôta son tablier, prête à remonter chez elle, dans cet autre monde où ses talents de ménagère étaient à jamais vains. Elle trouva Hélène encore au salon, la mine réjouie, observant quelque chose au creux de sa main.

— J'ai mis la main sur vos provisions ! Vous voulez voir ? demanda-t-elle.

La grande bourgeoise épuisée avait laissé place à une adolescente taquine.

Elle écarta les doigts et une poussière grise tomba sur la moquette blanche.

— Mais vous êtes dingue ! s'écria Malika en se précipitant pour réparer les dégâts.

— Pas plus dingue que vous qui faites des provisions de moutons sous la commode !

— Comment savez-vous que c'est moi ?

— Ha, ha ! c'est épatant comme aveu ! Mais quel mal y a-t-il à avoir peur du vide ? Car vous êtes consciencieuse,

Malika, mais à la fin toute cette perfection c'est à vous donner des cauchemars, non ?

Comme toutes les personnes que personne ne prend la peine d'écouter, Malika avait du mal à résister à une bienveillante incitation aux confidences. Au fond, Hélène ne lui était pas antipathique. Dans un contexte différent, elle se serait même volontiers assise avec elle autour d'une table pour papoter en buvant du café. Elle appréciait son franc-parler et sa vitalité. Mais, dans le salon de Madame, elle était déplacée comme une faute de goût ou un bouquet pas frais. Encombrante, elle mettait en péril son travail. Ce n'était d'ailleurs pas sa faute : une personne normale n'avait pas sa place dans un endroit pareil, mais le travail de Malika était d'en assurer l'anormalité, aussi pathologique fût-elle. Logée et payée, même médiocrement, elle était prête, pour ne plus connaître l'angoisse du lendemain, à cautionner les étranges lubies de sa patronne. Aussi ignora-t-elle la question d'Hélène malgré son désir de dire haut et fort que cette ambiance d'hôpital psychiatrique allait finir par la rendre dingue.

— Je ne dirai rien à Laura pour vos petites provisions sous la commode ! insista Hélène. Mais en échange vous devez me parler de son nouveau manteau !

— Pour que vous achetiez le même en douce comme vous l'avez fait pour sa petite robe noire ? À votre place, j'y renoncerais. Vous étiez affreuse dans cette robe. Vous n'êtes pas du tout faite comme Madame !

L'ignorance des points faibles d'autrui peut rendre plus cruel encore que leur connaissance. Malika, avec la chance des débutants, en avait touché plusieurs d'un seul coup. Hélène pâlit, mais tint bon.

— Merci, Malika.

— De rien. Au fait, vous avez un bas filé. Et le nez qui brille. Madame, jamais !

Rien de pire que la vengeance des faibles !

— Je sais, Malika, pas la peine d'insister ! Bon, n'oubliez pas notre marché ! Si Laura apprend que vous faites des pâtés avec sa crasse, vous serez virée !

— Pourquoi voulez-vous tellement ressembler à Madame ?

— Qui ne le voudrait pas ? Vous me trouvez grosse et moche…

— Non, pas grosse ! coupa étourdiment Malika.

Cette fois, elle était allée trop loin. Elle le vit à l'affaissement du coin des lèvres d'Hélène, à sa bouche dessinée dans le mauvais sens, mais ne retira aucune satisfaction de cette victoire trop facile. Malgré ses menaces, jamais Hélène ne l'aurait dénoncée, peut-être pas par bonté d'âme mais parce qu'elle avait besoin de son indicateur privilégié. Malika plaignait Hélène, qui perdait sa vie à vouloir percer les secrets de celle de Madame. Mais Madame aussi était à plaindre, qui perdait sa vie à s'observer vivre et à poursuivre une perfection qui n'était pas de ce monde.

— Je suis désolée, je ne voulais pas vous blesser, dit doucement Malika.

— Alors c'est raté. Mais vous pourriez faire l'effort de comprendre que je cherche simplement à m'améliorer. Laura est parfaite. Et elle est mon amie.

— Madame n'a pas d'amis, seulement des admirateurs.

C'était cruel, mais juste. Les gens venaient à Laura, mais Laura ne recherchait la compagnie de personne. Elle avait sa cour, dont elle recevait avec indifférence les témoignages d'admiration ou simplement d'envie. Elle était souriante, aimable pour chacun, mais ne livrait rien d'elle-même. Elle n'avait sans doute pas grand monde vers qui se tourner en cas de coup dur, mais son univers aseptisé avait été conçu pour être sous contrôle et limiter ainsi les situations imprévues.

L'imprévu arriva pourtant aux oreilles d'Hélène sous la forme d'une chanson braillarde qui suintait les paillettes et la vulgarité de la télévision italienne, le genre de scie musicale qui s'insinuait dans le cerveau pour s'y mouvoir en boucle longtemps après le retour du silence.

— Laura est ici, n'est-ce pas ? s'écria Hélène pour qui cette musique était une preuve irréfutable de mensonge. Elle refuse de me voir et vous a demandé de me mentir ! Non mais, pour qui se prend-elle ? Ça vient de sa chambre, n'est-ce pas ?

Malika barra le passage à Hélène qui se dirigeait vers l'une des deux portes donnant sur le salon.

— Madame n'est pas là !

— Je ne vous crois pas ! Laissez-moi entrer !

— Personne n'entre dans cette pièce. Pas même moi.

— Vous voulez dire que la délicate Laura fait elle-même son lit et récure sa salle de bains ?

Malika défiait Hélène du regard. Qu'elle ose seulement la pousser ! La fascination que l'intimité d'autrui exerçait sur certaines personnes était pour elle une source d'étonnement autant que de dégoût. Fascination à laquelle elle céda elle-même une seconde de trop, le temps d'ouvrir en grand la porte pour jouir de la stupeur d'Hélène face au désordre indescriptible de la chambre. Tout semblait avoir été jeté au-dehors des placards, de la commode, de la coiffeuse. Il s'agissait d'un désordre assez étrange car rien ne traînait à terre, mais le lit et les meubles croulaient sous diverses strates de vêtements, de peignes et brosses, de pots, de tubes, de pinceaux… On sentait une organisation souterraine dans ce chaos, mais l'effet de toute cette accumulation restait saisissant.

— Eh bien!... Voici donc les coulisses de ce grand cirque blanc! Les costumes et les accessoires du ravalement de façade quotidien! C'est donc là que se joue chaque matin la supercherie!

Les yeux d'Hélène bougeaient à toute vitesse, cherchant à saisir un détail, la texture d'une étoffe, la couleur d'un fard... On aurait dit un enquêteur sur une scène de crime, à l'affût, ne laissant rien passer mais ne sachant pas exactement ce qu'il y avait à trouver.

— Ça suffit! intervint Malika. Vous voyez bien que Madame n'est pas ici!

— En effet, admit Hélène à contrecœur. Mais alors... d'où vient cette musique?

Reculant dans le salon, elle s'approcha de l'autre porte fermée. La musique cessa.

— Qu'y a-t-il derrière cette porte?

— N'y touchez pas! Il n'y a rien! Que voulez-vous à la fin puisque je vous dis que Madame est sortie? Vous avez un mandat de perquisition?

— La musique venait de là!

— Quelle musique? Je n'ai rien entendu! Ne touchez pas à cette porte, Madame l'interdit!

— Si vous ne pouvez entrer nulle part, ça ne doit pas être trop fatigant de faire le ménage ici!

— Si vous étiez aussi intime que vous le prétendez avec Madame, vous sauriez que c'est juste une porte de communication avec l'appartement voisin. Elle est condamnée. Vous ne croyez quand même pas que je fais le ménage dans tout l'immeuble! D'ailleurs, je m'en vais.

Malika retira sa blouse et ses gants, et Hélène reprit sa place sur le canapé, choisissant cette fois le rôle de la jeune femme bien élevée, dos droit et genoux serrés, dans la salle d'attente d'un dentiste hors de prix.

— À votre place, je jetterais un dernier coup d'œil sous la commode. On sonne !

Malika remit sa blouse pour aller ouvrir.

— Ah, c'est vous…

Le ton indiqua à Hélène que ce n'était pas Laura qui rentrait – Laura n'avait d'ailleurs pas besoin de sonner à sa propre porte à moins d'avoir oublié ou égaré ses clés –, et elle tapota ses cheveux filasse au cas où…

— Salut, Laura ! Je passais dans le quartier, alors je me suis permis…

— Désolée, Alex ! Ça n'est que moi !

Alexandre poussa un soupir plutôt impoli et ne chercha pas à dissimuler le déplaisir qu'il avait à voir apparaître derrière les coussins une très médiocre copie de la femme qu'il était venu voir.

Malika hésitait à quitter les lieux. Ces deux parasites n'allaient-ils pas déranger et salir puis faire retomber sur elle le mécontentement de Madame ? Mais la nouvelle tache d'humidité apparue au plafond de sa chambrette lui revint à l'esprit et une rage muette lui fit tourner les talons et claquer derrière elle la porte d'entrée. Après tout, elle n'était que femme de ménage. Si Madame voulait en plus une gouvernante, elle n'avait qu'à y mettre le prix et faire faire des travaux dans le taudis du sixième étage. Un peu surpris de se retrouver seuls, Alexandre et Hélène se tenaient comme des enfants coupables d'avoir pénétré en territoire interdit. Hélène se redressa un peu plus sur le canapé. Alexandre se tenait raide, debout, à bonne distance. Son pantalon à pinces, trop long, plissait sur ses chaussures anglaises fabriquées en Chine, lui donnant l'allure pathétique d'un marié vêtu d'un habit de location.

— Laura n'est pas ici ? demanda-t-il à la désagréable personne qui le couvait d'un œil mauvais.

— Je croyais que tu pouvais détecter sa présence à cinquante mètres à la ronde ! Non, ta poupée Barbie est sortie. Et son Ken aussi, mais ça tu dois le savoir, sinon tu ne serais pas venu. Tu planques toujours dans le café d'en face ?

— Sauf quand l'unique table dans le renfoncement de la vitrine est déjà prise.

— Comment était ta dernière pêche ? Le garçon m'a dit que tu étais restée quarante minutes pour un café à deux euros. Tu cherchais quoi, aujourd'hui ? À repérer sa nouvelle coupe de cheveux, ses escarpins en autruche mauves, ou juste à copier son déhanché affolant ?

Hélène rougit jusqu'à la racine trop foncée de ses cheveux. Alexandre avait l'art de dire tout haut ce dont elle avait secrètement honte. Mais qui était-il pour lui faire la leçon ? N'était-il pas lui-même sous influence, fasciné pour d'obscures raisons par la créature irréelle qui brillait en ce moment par son absence ? Ils avaient beau se tenir dans le salon dont elle avait supervisé le moindre détail, ils n'y ressentaient aucune trace de sa présence récente. C'était peut-être cela qui, l'un comme l'autre, les rendait fous : Laura se manifestait à eux comme une apparition puis disparaissait sans que l'on pût déceler dans son sillage la moindre trace de sa présence, fût-ce une écharpe oubliée. Laura ne laissait rien derrière elle. Jamais. Pourtant, c'était ce rien qui attachait douloureusement à elle Alexandre et Hélène, ennemis car rivaux.

— Alors ? insista Alexandre. Qu'as-tu appris, à espionner derrière la vitre ?

— Qu'est-ce que ça peut bien te faire ?

— Beaucoup de peine pour toi. Je ne comprends pas qu'une fille brillante, la plus jeune agrégée de lettres depuis que les femmes ont le droit de se servir de leur cerveau, soit fascinée par Laura au point de rêver de devenir son clone parfait. Qu'a-t-elle de plus que toi, Laura, à part du temps et de l'argent pour soigner son image ?

Si Hélène fut touchée par ce changement d'attitude à son égard, seul un froncement de sourcil maladroitement épilé le laissa deviner. Elle était si peu habituée aux compliments qu'elle ne savait comment les recevoir, hésitant entre manifester plaisir ou gratitude ou bien se murer dans un silence gêné.

— C'est toi qui me dis ça ? Toi qui guettes chacune de ses sorties dans l'espoir de la coincer sous une porte cochère ?

Alexandre la regarda avec l'indulgence d'un père pour un enfant à qui il reste tout à apprendre.

— Voilà au moins une raison valable pour se donner du mal, tu ne trouves pas ? Mais toi…

Elle lui tourna le dos pour lui intimer de se taire. Lorsque le silence devint trop pesant, elle alla se poster à la fenêtre. En bas, de l'autre côté de la rue, elle pouvait voir la vitrine du café derrière laquelle elle avait passé une partie de la matinée avant de se décider à monter. Elle avait commandé un café, parce que seuls les consommateurs étaient autorisés à occuper une table. Elle avait choisi ce qu'il y avait de moins cher, mais c'était encore trop cher pour ce breuvage infect que le garçon lui avait quasiment jeté à la figure en la regardant avec autant de respect qu'une pellicule sur sa veste. Il ne s'était même pas excusé d'avoir inondé la table. Elle avait senti les larmes lui monter aux yeux et, tout en luttant contre leur débordement brûlant, avait fait crisser sous ses doigts quelques grains de sucre. Elle s'efforçait de ne pas garder les yeux grands ouverts afin de ne pas pleurer, et c'est ainsi qu'elle s'était retrouvée à contempler, fascinée, quelque chose d'assez nouveau pour elle : ses ongles arrondis et vernis. Elle s'était mise à tapoter du bout des doigts le Formica, faisant entendre un doux cliquetis, consolateur comme un début de féminité conquise. La récompense de sa volonté : elle ne s'était plus rongé les ongles depuis une semaine.

Un couple occupait à présent la table. La fille tenait entre ses mains le visage de son compagnon. Hélène était trop loin pour deviner de quoi ils pouvaient bien parler, mais il était certain que ni l'un ni l'autre n'étaient aussi malheureux qu'elle-même ce matin lorsque, dans la vitre embuée, elle avait surpris avec désespoir son reflet. Teint brouillé et cheveux ternes malgré tant d'efforts dans le secret de sa salle de bains. Elle était la femme la plus infortunée du monde, guettant en vain l'apparition d'une demi-déesse qui la rendrait plus minable encore.

La main d'Alexandre sur son bras interrompit sa rêverie.

— Ne me touche pas !

— Tu n'as pas toujours dit ça ! Allons, Hélène !...

— Bas les pattes ! s'écria-t-elle.

Elle tira sur sa jupe qui plissait sur le ventre. Ne pas perdre le contrôle, sous aucun prétexte.

— Tu n'as pas toujours dit cela, ma belle, répéta Alexandre en lui pinçant les fesses.

— Ça suffit ! Nous ne sommes plus amants !

— J'ignorais que nous l'avions un jour été.

— Je préférerais l'oublier moi aussi.

— Tu es méchante. Tu as honte d'avoir couché avec moi ?

— Je croyais que nous n'avions jamais été amants !

Alexandre sourit. L'esprit de cette fille revêche ne lui déplaisait pas.

— Cette manie de vouloir avoir toujours raison ! Bon, d'accord, notre amitié a dérapé. Mais j'ai toujours beaucoup d'estime pour toi. Je serai toujours ton ami.

Hélène émit un rire sans joie. C'était fou, le nombre d'amis qu'elle s'était faits de cette façon ! Ceux-là ne la prenaient jamais au téléphone. Mais Alexandre était peut-être différent. Il était gentil, doux comme ses yeux marron de bon chien fidèle. Grand et maigre, il avait dans la silhouette quelque chose de bancal qui donnait envie de le protéger. C'était probablement leur instinct maternel qui, dans un premier temps, incitait les femmes à lui accorder leurs faveurs. Ce même instinct les rappelait très vite à la raison, et ses amours avaient bien souvent la brièveté capricieuse d'un orage d'été, intense et sans conséquence.

Regardant lui aussi par la fenêtre, il attira Hélène contre lui, prêt à une nouvelle rebuffade qui ne vint pas.

— Si je ne connaissais pas Laura, je ne voudrais pas d'autre femme que toi.

Hélène leva vers lui un regard si triste qu'il en fut retourné.

— Je suis censée te croire ? Aujourd'hui, je me fais horreur. Non, mais regarde comme je suis boudinée dans cette jupe. Tu la reconnais ? C'est Laura qui me l'a donnée. Sur ses hanches, elle était sublime.

Tout en parlant, Hélène cherchait dans les yeux d'Alexandre l'effet de ses paroles. La voyait-il aussi désastreuse qu'elle se voyait elle-même ? Allait-il, par quelques mots mensongers, tenter de la réconforter ? C'était un gentil garçon pas compliqué, une victime comme elle, mais une infortune commune ne rapproche pas forcément les êtres. Les quelques efforts d'Alexandre pour se montrer aimable se heurtaient presque toujours à un mur de sarcasmes ou d'autodénigrement.

— Tu exagères, Hélène ! Cette jupe t'irait très bien si elle était à ta taille ! Mais si Laura te l'a donnée, c'est sans doute parce qu'elle a grossi, elle aussi. Arrête tes complexes !

— Elle avait maigri, au contraire !

— Bon, et alors ? Tu veux faire la journée là-dessus ?

— C'est ça, rabaisse-moi.

— Pas la peine, Hélène, tu le fais très bien toi-même. Tu es plus intelligente que Laura, tes élèves adorent tes cours, mais tu entretiens un complexe d'infériorité comme d'autres tripotent leur acné.

— Arrête, Alexandre, tu m'énerves ! Que faisais-tu, toi, derrière la vitre du café, à cette même place d'où tu m'accuses d'espionner Laura ?

Touché ! Alexandre détourna la tête et posa son front contre la fenêtre. Le froid contact du verre apaisa le feu qui lui était monté au front. Dans le café, les amoureux se levaient, libérant la table qui offrait la meilleure vue sur la porte d'entrée de l'immeuble de Laura. Un peu plus tôt, il avait pesté en trouvant « sa » table occupée par Hélène. Il avait discrètement attendu au bar, buvant plus de café que son foie, ou son cœur, n'en pouvait supporter. Il avait fait semblant de se passionner pour une émission de télé-achat sur l'écran géant derrière le bar. Puis il s'était glissé à la suite d'Hélène sur sa chaise encore tiède. Il était mortifié qu'elle s'en fût aperçue.

— Ne fais pas cette tête, Alex ! Je t'ai vu de dos dans le miroir pendant que tu faisais semblant de regarder cette idiotie à la télé !

— Et toi, alors ? Tu n'espionnais pas ?

— Bien sûr que si ! Comme toi, chaque mercredi, mais dans le bar à côté ! Jusqu'à ce que je m'aperçoive que celui-ci offre une meilleure vue ! Et lorsque tu la guettes depuis des heures et qu'enfin tu l'aperçois, tu vois exactement la même chose que moi : une créature hallucinante perchée sur le genre de souliers que le commun des mortelles se contente de regarder, le cheveu souple et doré comme dans la publicité à la télé, son petit 36 bien au chaud dans un chiffon à deux mille balles... Et puis cet appartement impeccable, son mari qui ressemble à une pub pour dentifrice, et sans doute un jour des enfants blonds tirés à quatre épingles...

Hélène jeta avec rage le coussin dont elle s'était emparée en parlant.

— Tu es jalouse ?

— Bien sûr que non !

Elle avait répondu trop vite, piquée par la question d'Alexandre qui n'en était peut-être pas une. Comment savoir, avec lui ? Il avait une bonne figure franche qui inspirait confiance mais, d'un autre côté, elle venait de découvrir qu'il jouait les agents secrets ! En même temps, elle ne pouvait lui reprocher d'avoir la même obsession qu'elle ! Non, elle n'était pas jalouse de Laura. Mais elle maudissait le jour où elle l'avait rencontrée et regrettait l'époque bénie où, à peu près satisfaite de son sort, elle n'avait ni plus ni moins de complexes que n'importe quelle femme raisonnablement belle. Laura agissait comme un soleil malfaisant, attirant sur elle tous les regards mais projetant sur les autres une lumière cruelle. Il avait suffi à la brillante Hélène de rencontrer Laura pour se sentir une moins-que-rien.

— Tu n'as qu'à cesser de la voir ! conseilla Alexandre.

— Impossible.

— Amoureuse ?

— Ose dire que tu n'es pas fasciné par chacune de ses apparitions !

Alexandre se baissa pour ramasser le coussin malmené. Il le serra contre sa poitrine, songeur. Il ferma les yeux et rougit lorsque ses lèvres effleurèrent le tissu.

— Tu n'as pas connu la Laura d'avant, dit-il dans un souffle. Elle n'était pas beaucoup plus jolie que toi, mais tellement plus attachante que cette poupée blonde ! Elle a changé du jour au lendemain. Tant que je m'interrogerai sur les raisons de cette métamorphose, je ne pourrai pas m'empêcher de voir en Laura une énigme à résoudre. Cela me rend fou.

— Parce que tu crois que les secrets sont sexuellement transmissibles ?

— Tu dérailles ! Je ne suis plus l'amant de Laura depuis son mariage avec la gravure de mode.

— Mais elle est toujours maîtresse de toi, son brave petit toutou. Tu n'es pas clair, Alex. Je parie que tu serais prêt à tromper la Laura d'hier avec celle d'aujourd'hui. Celle d'avant était sans doute plus tendre et plus aimante, mais quel homme ne se sentirait pas flatté de se montrer avec celle d'aujourd'hui ? Allons, sois honnête ! Si j'ai bien compris, la Laura d'avant n'était pas un prix de beauté, encore moins d'élégance. Exactement ce qu'il fallait à un homme comme toi, grand échalas, visage ordinaire et valeur décorative tout à fait discutable. Et tu t'imagines avoir encore des droits sur elle ! Depuis trois jours, tu ne te sens plus. Tout ça pour un baiser volé. Je le sais. Je vous ai vus.

— Tu nous as espionnés ?

— Pas toi. Juste elle. Tu devrais me remercier, il y a eu au moins un témoin. Ta main glissée sous son pull-over, tes lèvres jetées sur les siennes. Elle t'a repoussé, bien sûr. Mais seulement après quelques secondes d'hésitation. Ah, ces quelques secondes !... Un arrêt sur image pendant lequel je t'ai deviné reculant mentalement d'un pas pour admirer la scène. Une scène magnifique. Pas du réchauffé avec ton étudiante débraillée mais une publicité vivante à ta propre gloire : toi, le sans-grade aux amours minables, tu étreignais cette femme fatale sur laquelle tous les hommes se retournent. Tu calculais sans doute que, si tu réussissais à reconquérir Laura, tu pourrais plaire ensuite à n'importe quelle femme. J'ai raison, n'est-ce pas ?

Alexandre hésitait entre une sortie fracassante, avec insultes et claquement de porte, et le désir d'en entendre davantage, tant Hélène lui rendait vivant le souvenir de cette scène qu'il revivait nuit et jour. Le coussin à présent lui brûlait la poitrine, comme les seins de Laura trop brièvement pressés contre sa chemise ce soir-là.

— Tu es méchante ! Mêle-toi de tes affaires ! gronda-t-il sans trop de conviction.

— Surtout pas ! En vérité, ce qui te dérange, c'est qu'il n'y ait pas eu vingt ou trente témoins pour colporter ta victoire.

Cette femme était infernale. Beaucoup trop intelligente. Il ne pouvait pas se dérober.

— D'un autre côté, poursuivit l'impitoyable peste, il est peut-être préférable que je sois seule à avoir vu la suite.

— Quelle suite ?

— Cet étron se jetant sous ta semelle gauche au moment où tu tentais de l'entraîner dans ta voiture. Et toi fuyant soudain en raclant ton pied sur le bitume, poursuivi par une puanteur que Laura ne t'aurait jamais pardonné de faire pénétrer dans son antre monochrome.

Le charme était rompu, mais Alexandre en profita pour rejoindre d'autres souvenirs plus anciens. Il se laissa glisser sur le sol et dessina du doigt sur la moquette des dessins, compréhensibles de lui seul, qui retraçaient l'histoire et le drame de sa vie. Les festins de lentilles arrosées de champagne, à même le sol parce que chaque fois qu'ils allaient aux puces chercher une table et des chaises ils revenaient avec des objets inutiles. Les fins de soirée qui les voyaient rouler sur le plancher, un peu ivres, jusqu'au matelas qui servait aussi bien de lit que de canapé. La nudité radieuse de Laura dans ses bras trop maigres, l'inquiétude, pourtant, d'être aimé par cette femme qui lui était tellement supérieure. Laura ne cessait de le rassurer à ce sujet, lui disant qu'elle se sentait en sécurité auprès d'un homme que personne ne songeait à lui disputer ! Ce n'était peut-être pas la définition du grand amour, mais lui l'aimait pour deux. Avec elle, il aurait pu passer sa vie au ras du parquet. Lorsqu'elle était partie, il avait acheté une table et des chaises. Même pas aux puces, mais dans un magasin suédois où les couples normaux s'engueulaient le dimanche.

Recroquevillé sur ses souvenirs, la tête enfouie entre ses bras, Alexandre ressemblait à un enfant craintif qui, dans le noir, cherche un peu de réconfort sous les couvertures de son lit. Hélène le regardait avec dégoût.

— Elle m'avait demandé de l'épouser ! geignit-il.

— Mais elle en a épousé un autre, et te voilà déguisé en Paul, cachemire et tweed à tous les étages. Mais tu peux bien t'endetter pour une garde-robe de parfait imbécile, il te manquera toujours le regard de Paul – je devrais plutôt dire ses yeux, car le regard traduit une vie de l'âme –, sa carrure d'athlète, sa voix distinguée, bref tout ce qui aurait dû persuader Laura de mettre ce type sous verre et d'aller voir ailleurs.

Un bruit de serrure les fit sursauter tous les deux. Alexandre sauta sur ses pieds, un peu fripé. Hélène rentra le ventre et bomba la poitrine. Plus grand qu'Alexandre, plus beau qu'Alexandre, beaucoup plus sûr de lui mais habillé de la même manière qu'Alexandre, Paul, un tableau emballé sous le bras, parut surpris en découvrant des visiteurs dans son salon. Très gendre idéal, il joua cependant de sa belle voix de baryton pour leur souhaiter la bienvenue. Bise à Hélène, poignée de main à Alexandre. Tout son visage souriait, mais ses yeux gris, si seyants avec ses cheveux blonds et son teint hâlé, étaient dénués de chaleur. Paul n'était ni gentil ni désagréable. Il était simplement aimable avec tous, sans distinction, avec cette incapacité, qui le rendait fade aux yeux de certains, à distinguer ou favoriser l'un ou l'autre de ses amis.

— J'avais rendez-vous avec ta femme, se justifia Hélène, mais on dirait qu'elle m'a oubliée.

— Désolé. Elle ne va sûrement plus tarder. Tu la connais, elle n'a aucune notion du temps, aucun sens de l'orientation. Un électron libre. Ha, ha!

Tout en admirant l'impeccable rangée de dents blanches de son rival, Alexandre se demanda comment un rire pouvait sonner aussi faux.

— Ha, ha! répondit-il en sinistre écho.

Puis, désignant au hasard un livre posé sur la table basse :

— Je file! J'étais juste venu rapporter ce livre. Bonjour à Laura pour moi!

— Salut, mon vieux! Laura va être déçue de t'avoir raté.

— Inconsolable, grinça Alexandre en sortant.

Paul prit le livre prétendument rendu par Alexandre. *Belle du seigneur*, d'Albert Cohen.

— Il est de plus en plus bizarre, non? Cette manière de s'habiller… Et puis ce livre, j'aurais juré qu'il était déjà là ce matin lorsque j'ai quitté la maison.

— Tu as terminé un nouveau tableau ? demanda Hélène pour faire diversion.

— Tu veux le voir ? Cela me fait plaisir que tu aimes ma peinture. Laura s'y intéresse si peu…

— Un premier nuage sur ce bonheur exemplaire ?

Paul sembla soudain passionné par ce qui se passait derrière la fenêtre, une manière comme une autre d'éluder les questions. Hélène n'insista pas. L'absence de dénégation lui fournissait un début de réponse.

— C'est pour ici ?

— Hmm ?…

— Le tableau !

— Ah… Oui, pour le mur du fond. Laura le trouve trop nu. Je te le montre ?

— Laisse-moi d'abord deviner. Un paysage de neige ? Des premières communiantes ?

— Tu me donnes des idées !

— Il en faut lorsqu'on a décidé de voir la vie en blanc ! Tu ne te lasses pas d'être un peintre à la palette castrée ?

Paul se raidit. Mais il ne servait à rien d'opposer le silence à la perfidie d'Hélène. Cette enquiquineuse ne lâchait jamais l'affaire. Mieux valait tenter de l'amadouer.

— Je n'ai plus vraiment le choix. Cette exposition m'a lancé autant qu'elle m'a piégé. C'était idiot de la faire ici, mais à l'époque, souviens toi, aucune galerie ne voulait de moi. Et tu sais comment est Laura avec cet appartement. Rien ne doit dépasser, elle veut tout contrôler, elle a tout choisi jusqu'à la moindre poignée de porte. Si j'ose une remarque, elle m'envoie promener en me disant qu'elle ne vient pas faire de la peinture au doigt au beau milieu de mes tableaux.

L'amertume rendait Paul bavard. Hélène jubilait dans son rôle de confidente. D'une pression de main sur son poignet, elle le força à la regarder, elle qui, à défaut d'être sa sublime épouse, savait si bien écouter. Écouter et commenter.

— Autrement dit, elle se prend pour une artiste alors qu'elle n'est qu'une excellente femme d'intérieur, ricana Hélène, ravie de patauger dans les révélations du mari frustré.

— Avoue que son concept d'exposition était génial : les tableaux devaient se confondre avec les murs, on ne devait plus savoir où commençait l'œuvre d'art, où finissait le coup de pinceau du peintre en bâtiment. Une astuce pour faire entrer en douceur l'art contemporain dans les foyers bourgeois. J'ai peint huit toiles sur des thèmes en blanc, et tu connais la suite : le seul critique à avoir osé le déplacement a fait de moi le porte-parole d'une nouvelle génération de peintres refusant de se soumettre à la dictature de la couleur !

— Génération dont tu es encore, à ce jour, l'unique représentant ! Excuse-moi, mais tout cela est aussi ridicule que de voir du génie dans les dessins uniformément verts d'un enfant à qui on n'aurait jamais confié qu'un seul crayon. Un crayon vert.

— N'empêche que les commandes ont afflué.

— Et l'argent avec ! Ah, l'argent… Cela t'a conforté sur cette voie lactée, mon pauvre Paul. Les critères esthétiques coïncident à merveille avec le bonheur domestique tel que le conçoit Laura, mais ta peinture a quand même mauvaise mine. Tu n'en souffres pas trop ?

— Tu es gentille de poser la question. Si, bien sûr. Comment as-tu deviné ?

— Je ne vis pas comme ta femme dans une tour d'ivoire. Moi, tout ce qui te touche me touche.

Joignant le geste à la parole, Hélène se pressa contre Paul et fit glisser sa cuisse gauche entre ses jambes.

— Tu ne vas pas recommencer, gronda-t-il en la repoussant. Nous nous sommes promis de rester amis. Et Laura aussi est ton amie, à présent.

Tout en lissant les pinces de son pantalon, il se tenait prêt à repousser un nouvel assaut. Cette fille ne le tentait plus, et Laura pouvait rentrer à tout moment.

— C'est cela, oui ! gloussa Hélène. Tout le monde est ami avec tout le monde et la vie est magnifique ! Tu me dégoûtes ! Tu es un lâche !

— Ne te fâche pas ! Toi et moi, c'était juste un flirt. On en a déjà discuté. On ne va pas ressasser cela toute notre vie.

— Si tous tes flirts ressemblent à ce que nous avons vécu, je suis curieuse de savoir ce qu'est pour toi une liaison torride !

— Nous n'avons pas la même perception des choses, c'est tout.

— Tu m'insultes, Paul ! Laisse-moi passer, je m'en vais !

— Désolé, je te demande pardon. Ne pars pas comme ça, Hélène !

C'était lui, à présent, qui tentait de la saisir dans ses bras. Elle sentit la douceur du cachemire sur sa joue, et son cœur se serra en respirant de trop près son parfum de fougère. Il eût été si simple de s'abandonner, de pleurer contre ce torse d'homme si large et rassurant. Mais Paul était un géant aux pieds d'argile, elle en avait déjà fait la cruelle expérience. À quoi bon revivre ces nuits d'angoisse lorsque, seule dans sa chambre, toute son âme et tout son corps réclamaient en vain sa présence ? Elle devait fuir avant de succomber ou, pire, de le frapper. Mais il lui barrait le passage, sombre et buté, presque violent.

— Laisse-moi, Paul ! Laisse-moi passer sinon…

— Sinon quoi ?

La gifle partit sans qu'elle l'eût vraiment voulu. Surpris, Paul recula et heurta le tableau posé contre le mur. Il tenta de le rattraper, mais la toile était déjà face contre terre lorsque Hélène tomba à genoux pour évaluer les dégâts.

— Pardon, pardon !… Oh je suis tellement désolée… jamais je n'ai voulu.

— Ça va, dit Paul, laisse-moi regarder !

Il avait l'air plus curieux que furieux. Il arracha le papier d'emballage puis observa le tableau tout en gardant la main droite posée sur le coin inférieur droit de la toile.

— Je sais que tu n'aimes pas beaucoup ma peinture en ce moment, mais ce n'est pas une raison pour te comporter en vandale. Tout va bien. Il n'a rien.

— Et là, sous ta main ?

— C'est bon, je te dis !

— Oh, tu me caches quelque chose ! Paul, je suis désolée ! Je paierai s'il y a des dégâts !

— Non mais quelle emmerdeuse ! Non seulement tu bousilles mon tableau, mais par-dessus le marché tu te mêles de ce qui ne te regarde pas.

— Je le savais ! Oh je suis désolée, désolée ! pleurnicha Hélène.

— Ne me dis pas que tu pleures sur mon chef-d'œuvre en péril ! Allez, laisse-moi, maintenant !

— Écoute, Paul, je vais t'acheter ce tableau.

— Trop cher pour toi. De toute façon, il n'est pas à vendre. Un petit coup de pinceau et on n'y verra que du feu.

— Je ne partirai pas d'ici tant que je ne serai pas certaine de ce que tu dis. Montre-moi !

— Non.

— Non ? Écoute, Paul, j'apprécie ta démonstration de savoir-vivre, mais…

Hélène s'interrompit, stupéfaite. Paul n'était ni en colère, ni agacé. Il avait peur ! Lire cette peur dans le regard de cet homme toujours maître de lui-même lui inspire un sentiment de puissance.

Lorsque Paul, conscient de s'être trahi, baissa les yeux, Hélène osa l'écarter du tableau. À l'endroit même où la main de Paul avait cherché à la dissimuler, une tache rouge et noire apparut. Sang et pourriture, pensa Hélène. Incrédule, elle regarda sa propre main comme si celle-ci eût été, par inadvertance, la cause de ce prodige. Mais sa main était propre et, tranchant sur le blanc, les couleurs stendhaliennes semblaient se détacher de la toile pour vivre leur propre vie, libre et scandaleuse. Ce fut au tour d'Hélène d'être effrayée. Paul, lui, s'était ressaisi.

— Choquant, n'est-ce pas ? dit-il d'un ton glacial. Tu es contente ?

Hélène était complètement perdue.

— Un tableau qui saigne ! murmura-t-elle.

— Mon jardin secret. Ma trahison. Mon oxygène. Ne t'avise surtout pas d'aller le répéter à Laura !

Hélène secoua la tête, de plus en plus troublée. Elle ne comprenait pas ce que Paul lui disait et moins encore ce qu'il lui demandait. Passé la première surprise amplifiée par le soin que Paul avait mis à vouloir lui cacher cette découverte, Hélène commençait à relativiser. Il ne s'agissait après tout que d'un peu de rouge et de noir déposés dans le coin d'un tableau blanc. Mais, à y regarder de plus près, quelque chose la gênait. Elle était sur le point de comprendre quoi lorsque Paul, la forçant à relever le menton, lui désigna d'un geste théâtral les toiles blanches accrochées aux murs.

— Tu… tu veux dire ?…, balbutia Hélène.

— Oui. Si on grattait un peu, on trouverait sous chacune de ces toiles du vermeil, de l'écarlate, de l'incarnat, du vermillon mais aussi du noir, de l'ébène, de la suie…

Paul frottait et tordait ses mains, comme pour broyer les pigments qu'il évoquait avec la délectation d'un enfant déclamant des mots interdits. Il transpirait, et Hélène le trouvait beau ainsi, un peu effrayant, mais beau car enfin vivant.

— Laura le sait ? demanda-t-elle en baissant la voix, émue de partager un secret avec lui.

— Bien sûr que non ! Elle en ferait une maladie…

— Tu la trompes ? demanda Hélène, les yeux brillants. Enfin, je veux dire… c'est…

— Excitant ! Je me sens l'âme d'une dame patronnesse sanglée dans une guêpière noire sous sa jupe-culotte bleu marine. Je compte sur ton silence, ma chère. La paix de notre ménage est à ce prix.

— Ton bonheur conjugal entre mes mains, quelle ironie du sort !

Bien sûr, il n'avait jamais voulu partager le moindre secret avec elle. Seul le hasard avait fait naître ce début de complicité entre eux mais, alors qu'Hélène se laissait déjà gagner par la douceur de ce minuscule rapprochement, Paul venait de lui signifier sans ambiguïté que seule Laura lui importait. Laura qui allait rentrer et, peut-être, se livrer à des démonstrations d'affection conjugale ! Plutôt mourir que d'assister à cela ! Mieux valait revenir un autre jour ou ne jamais revenir du tout. Hélène s'apprêtait à prendre la fuite lorsque, de nouveau, la chanson italienne retentit, une scie d'une vulgarité joyeuse et incongrue dans ce temple de l'élégance.

— Toujours cette musique qui vient de nulle part, observa Hélène.

— Je n'entends rien. Tu es bizarre aujourd'hui.

— Bien sûr… Il vaut mieux que je m'en aille. Je téléphonerai à Laura. Ne t'inquiète pas, ton secret sera bien gardé.

Elle n'avait pas voulu mettre d'ironie dans ses paroles, mais Paul grimaça.

— Ne me juge pas mal, Hélène !

— Au contraire, mon cher ! Tu viens de remonter dans mon estime !

Paul remarqua qu'Hélène portait une jupe qu'il avait vue sur sa femme et se demanda pourquoi. Il allait lui poser la question lorsqu'elle l'embrassa par surprise sur la bouche avant de partir en courant. La chanson italienne entra enfin dans son crâne douloureux, de plus en plus forte, de plus en plus grossière. Son monde était en train de changer, il le sentait et le redoutait. Avec rage, il ouvrit toutes les portes donnant sur le salon. Celle de la chambre vide, celle de la cuisine vide, celle du bureau vide. La musique provenait de la quatrième porte, celle qui était condamnée, contre laquelle il déversa son désarroi à grands coups de pied. La musique cessa immédiatement.

2

Claudine se leva pour couper le son de la radio et retourna à sa réussite. La chanson italienne se tut sur un « *ti amo* » pathétique. Dans la pièce minuscule qui lui tenait lieu à la fois de salon, de chambre et de cuisine, elle avait ressenti le besoin de réduire encore l'espace de ce qui ressemblait davantage à une cabine de bateau qu'à un appartement. Des bibelots de tous styles, un papier peint à tulipes mauves sur fond moutarde, des poupées de foire sur le couvre-lit en satin rose, des photos de stars de cinéma punaisées aux murs, un fauteuil en tapisserie devant une table de bridge, un énorme poste de télévision composaient son univers quotidien, un refuge aussi laid que douillet dans lequel le monde réel ne pouvait entrer qu'après être passé par de multiples filtres – avant tout la télé et les préjugés de Claudine. La cafetière sur le réchaud à gaz siffla un rappel à l'ordre. Claudine tendit la main pour éteindre le feu et reprit son monologue solitaire. N'ayant personne à qui faire la conversation, elle se parlait à elle-même. Lorsqu'elle n'avait plus rien à se dire, elle rallumait la radio. Le silence, tout comme le vide, l'épouvantait.

Cette cochonnerie de cafetière risque d'exploser si on la laisse chauffer trop longtemps. Je n'aimerais pas avoir des taches de café sur mes tulipes. Sans parler du danger physique. Les brûlures, ça peut vous marquer à vie, j'en sais quelque chose. J'ai raté la finale des Miss France à cause d'une marque de fer à repasser sur la cuisse gauche. Je l'ai toujours mais, au milieu des varices et de la cellulite, forcément ça gêne moins. De toute façon, je n'ai plus l'occasion de montrer mes jambes.

Et voilà, encore un roi. Cette réussite est un échec.

Claudine tendit une main coupable vers la boîte de chocolats et brouilla les cartes.

Je ne sais rien mener au bout, même pas les défaites. Sur les treize parties que j'ai jouées depuis ce matin, je n'en ai gagné ni terminé aucune. Les yeux me brûlent, j'ai les tempes dans un étau, mais je continue.

J'ai toujours aimé les cartes, même si ce n'est pas réciproque. Les cartes, au moins, elles sont toujours à portée de main. Cela n'a jamais été le cas de mes autres amours à sens unique. Encore que pour Laura…

Claudine souleva le rideau et colla son nez à la fenêtre. L'automne s'achevait dans une explosion mélancolique de couleurs grises et dorées. Elle se souvenait de l'odeur des marrons d'Inde et des feuilles mouillées sur la terre humide, mais cela faisait longtemps qu'elle n'avait plus confronté ses souvenirs à la réalité. Le monde de Claudine était hermétique comme une conserve sous vide.

Non, on ne peut pas dire que Laura soit à portée de main. Même si je la vois passer au moins une fois par jour. D'ailleurs, je ne suis plus sûre de toujours aimer Laura. Elle m'a rebaptisée Claudia. Claudine, ça fait peuple, elle a dit.

Je ne l'ai pas vue sortir, aujourd'hui.

Laissant retomber le rideau, Claudine pressa ses mains contre sa large poitrine, comme pour y contenir un soupir qui s'en échappa pourtant. Puis sa main droite, potelée et couverte de bagues, hésita entre un album photo et une boîte à bonbons en faux Sèvres, mais elle estima qu'elle n'avait pas encore assez de chagrin pour s'accorder deux douceurs à la fois. Elle prit l'album et, avec une tendresse que, de sa vie, elle n'avait prodiguée à aucun être humain, elle caressa la photo d'une belle jeune fille en maillot de bain à strass et talons de douze centimètres. Son index s'attarda sur les jambes interminables puis sur les dents, sa grande fierté.

Les plus belles de mon Poitou natal ! Avec ça, j'aurais dû décrocher la lune ! À l'époque, j'avais déjà les coupes dans la vitrine de ma chambre et la couronne de Miss Poitou-Charentes !

Les coupes, la couronne, la ceinture de l'ancienne reine de beauté étaient conservées comme des reliques dans une petite vitrine dont le fond était tapissé de coupures de presse jaunies. Un bric-à-brac prometteur, mais il y avait eu le fer à repasser. Position lin.

Un rayon de soleil vint cogner contre la fenêtre, faisant étinceler la poussière des carreaux.

C'est l'inconvénient, le soleil, ça fait briller la saleté. Je n'ouvre jamais les fenêtres, elles sont bloquées. De toute façon, j'aurais bien trop peur de respirer les microbes des autres. Et puis j'aime bien mon odeur. Je fais les carreaux de l'intérieur alors, forcément, on ne voit jamais complètement au travers. Mais l'important, c'est qu'ils soient propres au-dedans. Comme moi, Claudine Dutat, corps de baleine échouée mais cœur irréprochable. Pas comme certains chez qui tout est impeccable en façade et salement barbouillé si on creuse un peu.

Claudine referma l'album et retourna à son poste d'observation près de la fenêtre.

Toujours pas là. J'ai dû rater un épisode, comme le jour où je n'ai pas pu regarder « Les Roses de l'amour » à la télé parce qu'il y avait une panne d'électricité. J'ai eu un mal fou à retrouver le fil. Et aujourd'hui encore, je me demande si Sabrina et Mike n'ont pas profité de mon absence pour forniquer sauvagement. Hypocrites !

Résumé des épisodes précédents : avant-hier, Laura est passée dans la rue avec un nouveau manteau sur le dos. Bleu, bien coupé, sûrement très cher. Le soir même, sa copine moche portait le même manteau qui avait tout à coup l'air beaucoup moins bien coupé et carrément bon marché. Et depuis, plus rien.

Oh zut ! Il pleut encore !

Aucune chance d'apercevoir Laura par un temps pareil. Cette fille est en sucre. De toute façon, c'est l'heure du feuilleton. Mike et Sabrina ne vont pas me la faire deux fois.

Claudine ferma les rideaux comme on se coupe du monde. La lumière bleutée de l'écran de télévision projeta son éclairage singulier sur le petit monde de Claudine Dutat, reine de beauté déchue.

3

La femme était élégante, raffinée, ongles peints et coiffure impeccable. Elle déposa sur une chaise un manteau ravissant, quelques paquets, et ôta des chaussures si fines et délicates qu'il aurait fallu inventer un macadam spécial pour en assurer une longévité de plus de deux heures. Laura sortit de son sac à main un mètre ruban et, avec un naturel qui trahissait l'habitude, mesura la distance entre deux vases placés sur une console. Insatisfaite du résultat, elle renouvela l'opération mais, ce jour-là, rien n'allait comme elle le souhaitait.

— Paul ! appela-t-elle d'une voix de petite fille perdue dans le noir.

Paul sortit de la chambre, rasé de frais, tout vêtu de beige très clair, d'une nuance à peine plus foncée que celle de la moquette dans laquelle s'enfonçaient les pieds menus de Laura.

— Bonjour, ma chérie ! dit-il en l'embrassant dans les cheveux afin de ne pas abîmer son maquillage.

Mais Laura secoua la tête comme pour chasser un insecte et lui agita le mètre ruban sous le nez.

— Les vases, là ! Qui les a déplacés ?

— Personne, mon amour, personne !

— J'ai mesuré. Quarante-deux centimètres au lieu de cinquante.

— Tu es sûre ? Laisse-moi vérifier. Tu as bien mesuré avec le même mètre ? Parce que parfois, d'un mètre à l'autre, on peut trouver des différences, ce qui expliquerait…

— Huit centimètres ! coupa Laura en déplaçant les vases et mesurant de nouveau l'espace entre eux. Voilà, cinquante centimètres ! Un demi-mètre. Cinq décimètres. Je suis fatiguée, Paul, de toujours devoir tout surveiller dans cette maison.

Paul jeta un coup d'œil inquiet sur son tableau posé face contre le mur et ramassa les affaires abandonnées par Laura, calculant mentalement, d'après les marques affichées sur les sacs en papier, le coût du shopping du jour. Il lui faudrait peut-être refaire un emprunt à la banque, mais il n'en parlerait pas à Laura. Elle le croyait plus riche qu'il n'était et, bien qu'elle ne fût pas à proprement parler vénale, il aurait jugé aussi déplacé de lui dire la vérité que de paraître devant elle dans sa tenue d'atelier.

— Mon pauvre chat ! Tu t'es bien promenée, au moins ?

— Je déteste me promener. Je déteste sortir d'ici, affronter le monde, le bruit, la saleté. Mais je l'ai vue entrer dans l'immeuble, alors j'ai attendu qu'elle parte. Pourquoi est-elle restée tout ce temps ?

Paul vit avec inquiétude les beaux yeux verts de sa femme devenir trop mobiles.

— Tu veux parler d'Hélène ? Tu n'avais pas rendez-vous avec elle ?

— Je ne sais plus. J'ai dû changer d'avis. Je ne veux plus la voir.

— Vous n'êtes plus amies ?

— Elle me fait peur. Elle m'espionne, elle pose des questions. Je suis sûre qu'elle t'en pose à toi aussi.

Laura était à présent prostrée dans un fauteuil, les genoux sous le menton, tout son corps refermé sur lui-même comme pour contrer une agression imaginaire. Dans ces moments-là, elle ne supportait pas qu'on la touche. Paul poursuivit la conversation comme si de rien n'était.

— Que veux-tu qu'elle espionne ? Tu n'as rien à cacher. Mais tu as l'air épuisée, mon pauvre amour. Je te sers quelque chose à boire ?

— S'il te plaît. Un jus de tomate.

— Alexandre est passé, lui aussi, lança Paul depuis la cuisine. Le pauvre garçon, il ne s'arrange pas. Il t'a rapporté un livre que tu ne lui avais jamais prêté. Il s'habille de plus en plus mal. En fait, je n'aime pas trop le voir ici.

Paul revint avec deux verres sur un plateau qu'il posa devant Laura sur la table basse.

— Le pauvre ! soupira Laura.

— Deux ans qu'il te tourne autour.

— Non, quatre.

— Deux. Avant, il était ton amant, c'était différent.

— Très.

Paul ne pouvait s'empêcher d'admirer la manière dont Laura réussissait à faire croire aux autres autant qu'à elle-même que son ancienne liaison avec Alexandre était anecdotique et comme étrangère à elle-même.

— Il t'a posé des questions lui aussi ? demanda-t-elle avec, toujours, cette petite lueur paranoïaque dans le regard qui la rendait à la fois inquiétante et attirante.

— Pour quoi faire ? Il en sait beaucoup plus que moi à ton sujet.

Laura fut aussitôt sur la défensive.

— Pourquoi dis-tu cela ? Je n'aime pas tes insinuations. Tout le monde parle par sous-entendus.

— Alexandre est toujours amoureux de toi et il serait peut-être temps que tu lui mettes les points sur les *i*. Aucun mari n'aime voir un ancien amant tourner autour de sa femme.

— Ce que tu peux être bête ! À présent, nous sommes juste amis.

Laura se leva pour redresser un tableau qui n'en avait nul besoin.

— Les choses font bien ce qu'elles veulent dans cette maison. Tu es jaloux d'Alexandre ?

— Même pas en rêve. C'est avec moi que tu vis. Mais il me fait pitié, à toujours espérer. Toujours à chercher des prétextes idiots pour s'introduire ici. Et toi… Tu le fais sans méchanceté, bien sûr, mais j'ai l'impression que tu l'encourages.

Paul s'efforçait de garder le ton d'une conversation banale. Pourtant, en son for intérieur, il n'était pas serein. Laura était bien trop préoccupée par elle-même pour regarder un autre homme. Cependant, elle lui échappait. Ses lubies, qu'il avait d'abord prises pour les marques d'une originalité charmante, devenaient à présent des barrières qu'elle élevait entre elle-même et les autres, lui-même n'étant qu'une composante de ces « autres » qu'elle rejetait de plus en plus, et en bloc. Il lui prit des mains le mètre ruban qu'elle n'avait toujours pas lâché et l'attira contre lui. La fragilité de ce corps menu sous la façade inaccessible de la beauté parfaite continuait de le bouleverser.

— Pardon, mon amour ! Tout est ma faute ! Je ne te dis pas encore assez combien tu es belle, combien je t'aime. Tu as sans cesse besoin d'être rassurée. Alors, évidemment, Alexandre…

— Il ne me plaît plus du tout, protesta Laura.

— Mais tu détesterais qu'il dise la même chose de toi. Et moi, tu m'aimes vraiment, ou tu aimes juste que je t'aime ?

— Laisse-moi, tu me décoiffes.

Paul contempla un instant ses mains qui n'étreignaient plus rien. Laura avait récupéré le mètre ruban et continuait à prendre de mystérieuses mesures. Le silence et la blancheur enveloppaient le couple d'une paix factice. Ils n'avaient rien de consistant à se dire et, tandis que Laura s'agitait inutilement, tapotant le canapé et remettant en place les coussins, Paul fixait avec anxiété le tableau tourné contre le mur. Il n'avait pas eu le temps de le faire disparaître, et la crainte de devoir expliquer à Laura ce qui avait tant surpris Hélène lui nouait l'estomac.

— Paul, dit soudain Laura. Il faut que je te parle de quelque chose d'affreux. Je ne peux pas garder cela plus longtemps pour moi.

— Dis-moi, ma chérie ! répondit Paul, consterné, craignant d'avoir été découvert.

Laura se tut, subjuguée par la vision d'une pile de revues qui n'était pas parfaitement d'équerre.

— Il y a toujours quelque chose qui cloche, ici ! protesta-t-elle en rectifiant l'alignement des journaux. Je devrais surveiller de plus près cette Malika, mais je n'aime pas être ici lorsqu'elle y est. Elle sent la sueur. Tout cela m'épuise !

Elle s'assit enfin et prit son verre, invitant Paul à venir s'asseoir près d'elle.

— Qu'est-ce que je disais, déjà ?

— Que tu devais me parler de... quelque chose d'affreux ! articula Paul avec peine.

— Ah oui. Tu es toujours si gentil, si prévenant. Tu te donnes un mal fou pour que je me sente bien ici. Parfois, je me dis que je ne te mérite pas.

Paul oublia ses craintes et sentit son cœur fondre de gratitude. Les mots gentils de Laura étaient si rares ! Mais, déjà, l'attention de sa ravissante épouse se portait ailleurs.

La bouche arrondie de stupeur, elle se leva d'un bond pour s'accroupir devant la commode.

— Paul ! Regarde, là ! Qu'est-ce que c'est ?

— Je ne vois rien, répondit Paul avec humeur, frustré comme un enfant à qui l'on vient de retirer la friandise qui le faisait saliver.

— Tu ne vois jamais rien ! s'écria Laura avec colère. Tu te fiches bien que cette maison soit un véritable foutoir. Tu adores vivre dans la crasse. Va me chercher l'aspirateur !

— Ça ne peut pas attendre ? Tu t'apprêtais à me dire quelque chose d'important…

— Parce que ce n'est pas important, cet ignoble tas de poussière sous la commode ? On fait confiance, on se croit en sécurité et, pendant ce temps, la saleté s'infiltre chez vous comme une gangrène. Tu vois, Paul, c'est ça la grande différence entre toi et moi, le truc irréconciliable, le…

— C'est bon, coupa Paul, je vais chercher l'aspirateur !

— Non ! Je ne supporte pas ce bruit. Ah, tant pis. Il va falloir vivre jusqu'à demain avec cette horreur. Je vais l'attendre de pied ferme, cette Malika de malheur. Complètement irresponsable, cette fille ! Oh, mais je m'agite, je transpire, je dois être affreuse. Ne me regarde pas !

Reprenant son verre, Laura s'allongea à demi sur le canapé et s'abîma dans la contemplation du plafond. Elle était à présent pâle et muette, immobile comme un ciel après la tempête. Cette fois, la crise avait été brève, et Paul osa de nouveau respirer. Quel être étrange et changeant que cette créature qui dormait chaque nuit à ses côtés, moins mystérieuse dans le sommeil que dans les cheminements imprévisibles de son esprit torturé. Paul lui prit la main, caressa ses doigts fins aux ongles nacrés et polis comme des coquillages. Elle le laissait faire, indifférente après l'éclat.

— Je t'ai repris un rendez-vous chez le Dr Lazare. Cette fois- ci, il faudra y aller. Tu me promets ?

Laura ferma les yeux, manière pour elle de signifier à Paul son congé. Il allait insister avec douceur, mais Laura le devança d'une voix languissante.

— On ne peut jamais parler avec toi. Je te dis que j'ai à te parler d'une chose importante et tu m'embêtes avec le Dr Lazare.

— Je sais. Quelque chose d'affreux.

— Affreux ?

— Ce sont tes mots de tout à l'heure. Juste pour te montrer que je suis attentif à ce que tu dis.

— Alors c'est pire ! Tu as bien entendu « affreux », mais tu es tout tranquille. Tu ne me prends pas au sérieux.

Le moment était venu d'endosser l'armure de preux chevalier grâce à laquelle Paul avait conquis Laura.

— Je suis tranquille parce que, pour moi, il n'y a pas de problème. Juste des solutions. C'est aussi pour cela que tu te sens bien avec moi. J'aplanis toutes les difficultés devant toi. Je prends le taureau par les cornes, je maîtrise les situations. Tu ne pouvais pas mieux tomber. Quelle est donc cette chose affreuse qui te tracasse et que je vais résoudre en trois minutes ?

— Eh bien… Quand avons-nous repeint l'appartement pour la dernière fois ?

— Juste avant mon exposition. Il y a quatorze mois. Pourquoi ?

— Nous avons payé cher, non ?

— Une fortune. Enfin, surtout en hôtel, puisque tu refuses de vivre dans un appartement en travaux. Mais rassure-toi, ma chérie, tout va bien. Je ne veux pas que tu te fasses le moindre souci pour l'argent. Je gère. J'ai vendu deux toiles le mois dernier. Le marché n'est pas extraordinaire en ce moment, mais je m'en sors. Rien d'« affreux », donc !

En réalité, Paul mentait un peu. Il avait bien vendu deux petites toiles, mais les grands formats lui restaient toujours sur les bras. Le montant de la vente avait été très inférieur à son découvert. Le banquier, toutefois, était arrangeant. Paul présentait bien, parlait avec distinction et faisait volontiers allusion à un héritage imminent quoique imaginaire. Il n'avait donc aucun mal à obtenir des crédits à la consommation dont Laura ignorait tout. Paul jugeait inutile d'ennuyer son épouse avec ces détails. Tant qu'il maintenait, au prix parfois de prouesses de funambule, un équilibre financier permettant à Laura de ne pas se frotter à des réalités qu'elle abhorrait, il n'y avait pas lieu de s'inquiéter. Mais Laura, à l'évocation des affaires de son mari, était redevenue nerveuse et tournait son verre entre ses mains, comme si celui-ci lui brûlait les paumes.

— Tu ramènes toujours tout à l'argent. Tu ne t'intéresses qu'aux choses qui s'achètent.

— Mais pas du tout ! C'est toi qui… Et d'ailleurs, tu as encore fait les magasins pas plus tard que ce matin.

— Nous y voilà ! Tu me reproches l'argent que je te coûte ?

— Quelle idée ! Tout ce que j'ai est à toi, tu le sais bien. Je ne vois donc pas pourquoi l'argent devrait être un sujet de discussion entre nous.

En réalité, Paul se promettait depuis longtemps d'inciter Laura à regarder au moins les étiquettes de ce qu'elle achetait. La gorge serrée, il regarda à la dérobée les sacs contenant les achats du jour. Il lisait les noms des marques et associait chacun d'eux à des boutiques où, du temps encore récent où elle avait plaisir à sortir avec lui,

Laura l'emmenait choisir chaussures et vêtements. Il aimait alors la voir entourée de vendeuses aux petits soins dans l'atmosphère feutrée des magasins de luxe. Les articles y avaient de l'espace pour s'exposer aux yeux des clients, et Laura y déambulait comme dans son propre salon, indécise et nonchalante. Puis elle prenait un vêtement sur un cintre et le payait sans l'essayer. Elle était satisfaite lorsqu'elle se promenait ensuite dans la rue avec, au bras, un sac en papier glacé dont le poids était souvent inversement proportionnel à la valeur de ce qu'il contenait. L'acte d'acheter, de s'approprier un vêtement était, pour Laura, plus agréable encore que de le porter. Paul espérait ne jamais avoir à lui retirer ce plaisir.

— Quelle est donc cette chose affreuse dont tu veux me parler ?

— Ah… Je ne voulais pas te parler d'argent. Je me fiche bien de l'argent, du moment que nous en avons assez pour vivre. Mais voilà… Finalement, je trouve ce blanc… trop blanc. Les murs, la moquette, les lampes, tes tableaux… J'ai l'impression d'être à l'hôpital. Et puis c'est horriblement salissant. Regarde, tout a déjà l'air gris !

Paul émit un triste rire. Un mois de travaux avec échafaudages, bâches, pinaillage entre Laura et les peintres à propos du blanc qui n'était jamais cassé comme elle le voulait… Un mois de vie à l'hôtel, évidemment pas un deux étoiles. Laura ne pouvait pas être sérieuse. Et si elle l'était, il ne lui céderait pas. Hors de question. Il frémissait d'indignation, mais continuait à lui caresser les cheveux comme si de rien n'était.

— Tu es sûre de savoir ce que tu veux ?

— Absolument ! Je veux tout faire repeindre, tout changer. Prendre un nouveau départ. Je veux un appartement impeccable, en moins blanc et plus net.

Elle était sérieuse et, pour Paul, c'était la fin du monde.

— Non mais tu te rends compte ? Après seulement un an !

— Je croyais que l'argent ne devait pas être un sujet de discussion entre nous.

— Mais il ne s'agit pas seulement d'argent ! Et mes tableaux, qu'est-ce que tu en fais ? Il faudra de nouveau les assortir aux murs ? À cause de toi, je ne me sens même plus peintre, mais décorateur d'intérieur. Le seul type assez fou pour choisir ses couleurs chez Ripolin !

Voilà, c'était dit ! Le gentil imbécile exprimait enfin sa frustration, haussait le ton. On frôlait le comble de la vulgarité bruyante honnie par Laura : la scène de ménage.

— Je ne supporte plus ce blanc sale ! rétorqua Laura d'une voix agressive pour ses propres oreilles.

Comme elle détestait ce ton revendicatif et geignard qui lui venait si naturellement ! De nouveau à quatre pattes devant la commode, elle désignait tour à tour Paul et le tas de poussière, comme si le second était la conséquence de l'incapacité du premier.

— Tu ne peux pas m'obliger à vivre dans ce cauchemar ! Et cette poussière ! Quand je pense que nous allons tous finir comme ça !

— Laura, ma chérie, calme-toi. Le Dr Lazare peut te voir demain à 10 heures. Je viendrai avec toi.

Paul s'était vite ressaisi. Depuis leur dernière scène, les époux étaient convenus ensemble que les explosions de colère de Laura étaient désormais du ressort du Dr Lazare. Le psychiatre était un ami d'amis à qui, lors d'un dîner, Laura avait eu la bonne idée de parler de ses cauchemars. L'homme de science, souhaitant avant toute chose profiter de sa soirée sans faire d'heures supplémentaires, avait proposé à sa voisine de lui rendre visite à son cabinet. Laura s'y était rendue la semaine suivante, et le médecin s'était ensuite fendu d'un coup de fil à Paul pour lui annoncer que, au cas où il ne s'en serait pas rendu compte par lui-même, sa femme était un sujet fragile. Avant de préciser que « fragile » était un euphémisme. D'abord agacé, Paul n'avait pas tardé à comprendre que le Dr Lazare pouvait lui être d'une aide précieuse lorsque lui-même se sentait dépassé par les lubies, caprices et autres manifestations inquiétantes du caractère instable de Laura. Aussi l'appelait-il de temps en temps à la rescousse. La plupart du temps, le Dr Lazare préconisait un rendez-vous. Officiellement pour de légers problèmes de sommeil et de stress. Officieusement pour des maux qui n'avaient pas encore été nommés.

— Le Dr Lazare ! s'exclama Laura. Ce n'est pas le Dr Lazare qui peut rendre cet appartement habitable.

Entendre prononcer le nom du praticien dès ce début de dispute l'avait rendue méfiante. Depuis quelque temps, elle se sentait menacée par l'entente qu'elle devinait entre son mari et lui. Elle les soupçonnait de parler dans son dos, la traitant peut-être de folle ou mijotant de la faire passer pour telle. Elle gardait en mémoire quelques crises de colère hystérique dont Paul avait été témoin et qui, s'il en parlait au Dr Lazare, ne plaidaient pas en sa faveur. Aussi, ne se trouvant pas encore au stade ultime où la colère la faisait sortir d'elle-même, vint-elle se blottir contre son époux, tendre et câline comme dans ses meilleurs jours.

— Je suis désolée pour tes tableaux, Paul. Ils sont très beaux, mais tu devras les repeindre de la même couleur que les murs. Tu travailles vite. Cela ne devrait pas te demander trop de temps. D'ailleurs, tous les grands peintres l'ont fait.

— Qu'ont fait les grands peintres ? demanda Paul, surpris.

— Peindre sur une toile qui avait déjà servi. Avec les rayons X, on s'en rend très bien compte. Raphaël lui-même l'a fait. Alors toi…

— Tu n'es pas raisonnable, ma chérie. Je refuse de poursuivre cette discussion.

— Et moi je refuse de continuer à vivre dans un appartement si dégoûtant.

— Tu expliqueras ça demain au Dr Lazare. Tu verras que tu te fais des idées, que tu as pris cet appartement en grippe pour une raison qui n'a rien à voir avec la couleur des murs ou…

La voix honnie jaillit de nouveau pour lui couper la parole.

— Chaque fois que je te pose un problème, tu brandis le Dr Lazare ! Toi, l'homme de toutes les situations ! Tu ne gères pas, tu délègues !

— Arrête de crier ! supplia Paul.

— Je ne crie pas. Je ne m'énerve jamais. Rien n'a de prise sur moi, puisque je suis parfaitement lisse. Nous vivons sous cloche comme des enfants immunodéficients.

— C'était ce que tu voulais, non ? Pourquoi devrions-nous nous mêler à tous ces gens vulgaires avec leurs problèmes d'humains ? Tout te dégoûte, Laura, et lorsque tu me cherches querelle c'est que tu finis par te dégoûter toi-même. Tu peux essayer de réfléchir à cela ?

Laura se mordit les poings pour ne plus laisser échapper la voix du malheur, dont l'écho, trop longtemps, souillerait son refuge blanc.

— Je ne vois pas de quoi tu parles, Paul, murmura-t-elle. Tout va bien. Mieux, ce serait insoutenable.

Mais la rage montait en elle, la cassait en deux comme un coup de poing en plein plexus. Ne pas crier, non ! Serrer les dents jusqu'à les briser, se mordre la langue jusqu'au sang, mais ne pas crier. Elle fixait Paul d'un regard suppliant et haineux à la fois. Paul, qui aurait voulu se dissoudre dans la blancheur des murs. Mais leur merveilleuse vie monochrome allait reprendre son cours élégant, il suffisait de rester impassible pendant l'orage. Il ferma les yeux afin de ne pas imprimer dans son cerveau l'image de sa sublime épouse défigurée par un magma de sentiments dont aucun n'avait sa place dans leur vie exemplaire.

Il les rouvrit malgré lui lorsque Laura, marchant nu-pieds dans les débris du verre qu'elle avait volontairement cassé, poussa un hurlement de bête blessée, couvrant la chanson d'amour italienne dont les paroles idiotes tournaient de nouveau dans l'air comme des mouches au-dessus d'une plaie.

4

Ayant épousé la plus parfaite beauté de la Création, un sultan se trouva bientôt obsédé par un minuscule défaut de carnation découvert au bas de son dos, au point de devenir aveugle à ses puissants et innombrables charmes. Il en vint peu à peu à haïr cette femme qu'il avait adorée et à la répudier. Un simple détail avait eu raison de la perfection.

Dans l'appartement blanc, le détail était une tache de sang et de jus de tomate mêlés. À quatre pattes sur la moquette, Malika s'acharnait en vain à la faire disparaître, ayant été dispensée de toute autre corvée au profit de celle-ci qui lui coûtait tant d'efforts. Rouge et suante parmi les chiffons et bouteilles de détergent, elle regrettait le temps où elle se plaignait de ne pas avoir assez de travail. À présent, elle frottait à longueur de journée une tache indélébile tandis que des reliefs de repas recouvraient la table basse. Des livres et des vêtements étaient abandonnés à même le sol, la poussière gagnait du terrain et des odeurs de renfermé et de nourriture avariée empuantissaient l'air. Derrière la porte condamnée, la chanson italienne retentissait de plus en plus souvent, mais personne n'y faisait attention.

Laura, qui n'avait pas quitté l'appartement depuis l'incident, se levait de plus en plus tard après des nuits de plus en plus courtes. Paul préférait fuir tôt le matin pour se réfugier dans son atelier. Par deux fois, il n'était pas rentré dormir chez lui. Laura s'en était à peine aperçue.

D'ailleurs, qui était désormais Laura ? Était-ce la créature qui venait de sortir de sa chambre en longue robe fripée, lunettes noires, l'air souffrant ? Plus de brushing, plus de maquillage, plus de port de tête admirable. Les ongles, rongés jusqu'au sang, avaient perdu jusqu'au souvenir des manucures d'antan.

— Vous êtes toute chiffonnée ! s'exclama Malika. Vous ne voulez pas que je vous repasse au moins quelque chose ?

Laura secoua la tête et lui désigna la tache, lui intimant l'ordre muet de se concentrer sur l'essentiel. Elle n'avait plus prononcé un mot depuis plusieurs jours, comme pour faire oublier ses éclats de voix en ce jour affreux où son univers avait basculé. Elle rentra dans sa chambre et referma la porte avec lenteur. Malika recommença à frotter puis, très vite, renonça à ce combat perdu. Assise sur la moquette, les jambes écartées, elle ressemblait à une enfant abandonnée dans un bac à sable.

Elle n'avait pas à redouter les reproches pour son inaction : il n'y avait plus de maître à bord. Elle sursauta, néanmoins, en voyant arriver Alexandre, dont la mise impeccable semblait désormais incongrue. Il portait sous le bras un rouleau, moquette ou tapis – Malika s'en fichait, en fait.

— Vous auriez pu sonner ! bougonna-t-elle, en réalité soulagée de cette diversion.

— Je m'en serais voulu de vous déranger. À quoi jouez-vous ?

— Je travaille.

— Vraiment ? Mais c'est dégoûtant, ici !

Offensée, Malika se remit à frotter.

— Remarquez, moi je préfère comme ça ! ajouta Alexandre. Plus accueillant, plus humain... Sur quoi vous acharnez-vous comme ça ? Toujours cette foutue tache ?

— Madame m'interdit de toucher au reste tant que je n'aurai pas réussi à l'effacer. Elle ne voit plus rien d'autre, c'est une obsession !

— Elle ne tourne pas rond ! Tout son bel univers blanc part à la dérive, mais elle ne s'occupe que de cette tache !

— Ah pardon ! C'est moi qui m'en occupe ! Elle, elle vient juste me consulter de temps à autre avec des mines suppliantes, comme si elle était au chevet d'un parent mourant. C'est un crève-cœur de la décevoir à chaque fois. Mais je ne peux pas faire mieux !

Malika était au bord des larmes, et Alexandre eut pitié d'elle. Elle l'avait toujours regardé de haut, comme une copie ratée de Paul. Mais il ne lui en voulait plus. Elle continuait de veiller sur Laura alors que son époux quittait le navire. C'était une bonne personne, dévouée et fiable, alors que lui-même se sentait inutile.

— Vous vous rendez compte ! Trois jours qu'elle ne se lave plus ! Et éteignez cette cigarette, vous savez bien qu'elle ne supporte pas l'odeur du tabac.

— Au point où elle en est... C'est comme si vous projetiez de changer les rideaux alors que votre maison est en train de brûler. Et Paul, que dit-il ?

— Que voulez-vous qu'il dise ? Et puis d'ailleurs, ça vous regarde ? Mais je sais ce qu'il dira s'il vous trouve ici à rôder autour de sa femme.

Alexandre s'empara de la photo de Laura dans son cadre en argent et l'embrassa. Malika baissa les yeux, résignée à ce que rien ne fût plus comme avant dans cette maison. Alexandre continuait à fureter, un sourire ambigu aux lèvres. S'il s'inquiétait de l'état de Laura, il était également satisfait de voir voler en éclats le château imprenable de sa princesse. L'espoir que Laura lui devînt de nouveau accessible renaissait. Il se surprit à siffloter par-dessus la chanson italienne. Malika, épouvantée, se boucha les oreilles.

— Arrêtez tout de suite ! Si Madame vous entendait…

— Alors partez ! riposta Alexandre en sifflant encore plus fort.

— Pardon ?

— Si vous partez, j'arrête de siffler, bien que je trouve cette musique particulièrement entraînante. Ça vient toujours de nulle part, n'est-ce pas ?

— Je ne vois pas de quoi vous parlez.

Alexandre approcha son visage de celui de Malika et la regarda intensément.

— Vous mentez si mal, Malika ! Remarquez, c'est tout à votre honneur !

— Laissez-moi tranquille, supplia-t-elle en se détournant. Il n'y a rien à entendre, je vous assure !

— La musique des anges ! Bon, vous vous décidez à partir, ou je me remets à siffler ?

— Je pars. Mais vous direz bien à Madame que ce n'est pas moi qui vous ai ouvert. Elle va être furieuse de vous voir.

— Ça, c'est vous qui le dites ! rétorqua Alexandre, et il se remit à siffler.

Malika savait reconnaître une défaite, et s'empressa de ranger les bouteilles de détergents et les chiffons. Alexandre accompagna ses gestes d'un decrescendo de son sifflement puis, dans un silence de mort, ouvrit le paquet qu'il avait apporté et déroula un petit tapis, blanc comme la moquette. Il le posa sur la tache et observa le résultat avec satisfaction.

— Vous la prenez vraiment pour une idiote ! protesta Malika.

Puis elle quitta la pièce avec un regard dédaigneux, et finalement admiratif, sur l'installation d'Alexandre. Le résultat était sidérant.

Resté seul, Alexandre s'affaira à remettre un peu d'ordre dans le salon, puis alla toquer à la porte condamnée d'où provenaient toujours des bribes de chanson. Le volume sonore diminua aussitôt. Alexandre avait remis livres et revues en piles et entassé la vaisselle sale sur un plateau. Mais la pièce, que le désordre rétrécissait, restait triste. L'éclatante blancheur des murs, reflétant le désarroi de Laura et Paul, se teintait d'un gris de mauvais augure. Quelle Laura pouvait désormais vivre en ces lieux ? Suffisait-il de bouleverser un décor pour y jouer une nouvelle pièce ? Dans l'esprit d'Alexandre, la Laura d'avant se superposait à celle qui faisait son malheur depuis son mariage avec Paul. Mais ce fut une troisième personne qui le fit sursauter, une ombre terne qui se glissa dans le salon avec tant de circonspection qu'on se serait cru dans un champ de mines.

— Oh, Alex… C'est gentil d'être venu ! dit Laura d'une voix mourante.

Mais son regard, au lieu de se poser sur son ancien amant, alla directement vers l'emplacement de la tache.

— Qui a fait ça ? demanda-t-elle.

Elle semblait effrayée, et n'osait plus avancer.

— C'est moi. Mais ce n'est rien, répondit Alexandre, gêné.

— Tu as réussi ? Je pensais que… Malika est dessus depuis des jours. Bien sûr, on aurait pu changer la moquette, mais Paul est devenu affreusement radin. D'un autre côté, personne ne peut vivre avec une tache de sang au milieu de son salon, n'est-ce pas ? Oh, mon Dieu, je ne sais plus où j'en suis.

— Ce n'est rien, répéta Alexandre. Je n'ai pas fait grand-chose. Je voulais remettre un peu d'ordre, te faire la surprise. J'ai presque terminé. Je te mets les assiettes dans la cuisine, d'accord ?

— Non, laisse ! protesta Laura. Ce n'est pas à toi de faire ça. J'ai tellement honte que tu sois témoin de... Oh !...

La jeune femme se cacha le visage dans les mains, pétrissant la peau flétrie de ses joues creuses. Alexandre nota avec pitié les racines sombres de ses cheveux.

— Ne me regarde pas ! Je ne suis pas coiffée, pas maquillée !

Au lieu d'obéir, Alexandre lui écarta doucement les mains et les posa sur ses propres tempes.

— Tu es toi-même, Laura. C'est un honneur pour moi de pouvoir contempler ton vrai visage.

Il fut tenté de poser ses lèvres sur les siennes, pâles et gercées, mais la faiblesse de Laura l'intimidait plus encore que sa splendeur.

— Tu me trouves toujours belle ? demanda Laura d'une petite voix résignée à entendre une mauvaise nouvelle.

C'était tout elle, cette manière de se mirer dans les yeux d'autrui comme dans un miroir complaisant. Agacé, Alexandre recula un peu et fit semblant de réfléchir à la question.

— Depuis quand mon avis t'importe-t-il ? demanda-t-il.

L'amertume involontaire d'un ton qu'il aurait voulu ironique le remit en position d'infériorité.

— Mais... depuis toujours... Ton avis m'importe ni plus ni moins que celui des autres ! répliqua Laura avec une cruauté involontaire.

— Ça m'apprendra à chercher les compliments ! Voyons, laisse-moi me concentrer sur ta question. Honnêtement... Je te trouve beaucoup moins belle, preuve que tu sais très bien te mettre en valeur.

Laura rougit sous l'affront.

— Tu es un mufle !

— Mais non ! Je suis honnête. Et pour l'être complètement, je dois t'avouer que tu me plais encore plus en vraie femme ordinaire qu'en fausse sublime.

Il n'y avait pas la moindre ironie dans ces paroles, mais Laura restait méfiante. Elle connaissait Alexandre depuis longtemps, ils avaient été amants, puis amis. Mais ces deux dernières années, durant lesquelles ils s'étaient pourtant vus presque chaque jour, avaient mis entre eux une distance singulière. Ils s'étaient enfermés dans des rôles. Laura, pour une obscure raison qu'Alexandre ne renonçait pas à vouloir connaître, et, Alexandre, pour ne pas rester sur le pas de la porte du nouveau monde dans lequel évoluait la femme de sa vie. Mais ce monde volait aujourd'hui en éclats et, sur la joue gauche d'Alexandre, une fossette familière, depuis trop longtemps disparue, refaisait surface.

— Tu dis vrai ? demanda Laura, esquissant à son tour un sourire.

— J'aime bien ta nouvelle coiffure ! assura Alexandre en lui ébouriffant les cheveux. Et puis j'adore voir tes racines.

— Tu te fiches de moi ! protesta Laura, mais son sourire, encouragé par une caresse d'Alexandre sur ses pommettes, ne la quittait plus.

— Si tu savais combien la vraie couleur de tes cheveux m'a manqué ! Ce brun banal et si rassurant.

— Si Paul t'entendait ! pouffa Laura. Il me croit blonde...

— Tu veux dire ?... Non, c'est impossible, il doit faire semblant.

Leurs yeux riaient. Ils tombèrent dans les bras l'un de l'autre et restèrent ainsi un moment, sans baisers ni caresses, mais dans la chaleur animale et rassurante de leur étreinte. Puis Laura se dégagea aussi doucement qu'elle put des bras d'Alexandre et se raidit pour redevenir celle qui avait renoncé à manger des lentilles à même le sol.

— Il faut que je m'habille, que je me fasse belle maintenant que la tache a disparu.

— Oh, je t'en prie, reste ici ! Laisse-toi aller, ma belle, ma tendre Laura ! supplia Alexandre.

Les mots doux d'autrefois lui revenaient aux lèvres, mais c'était surtout à lui qu'ils faisaient du bien. S'autoriser de nouveau à dire son amour lui était si doux !

— Cela fait bien longtemps que tu n'as pas été aussi gentil avec moi ! observa Laura.

Était-ce un reproche, un regret ou bien un simple constat ? Alexandre ne prit pas le temps d'approfondir la question.

— Je n'osais pas. Tu étais intimidante sous ton camouflage !

— L'autre jour, pourtant, tu m'as embrassée !

— Ah bon ? Tu en es sûre ?

Ils rirent en même temps, un peu embarrassés par ce souvenir.

— Pardon, mais je t'ai trompée avec ton double idéal. Et c'est ce double qui m'a repoussé. Tandis que maintenant... Maintenant, tu me permets de t'embrasser ?

Alexandre adoptait le ton de la plaisanterie, mais son cœur battait à tout rompre tandis qu'il retrouvait dans le cou de Laura des odeurs et des sensations d'autrefois. Une promenade automnale nocturne dans les chemins boueux de la forêt de Rambouillet, leur nuit d'amour ensuite, leurs peaux éclairées par un feu de bois dans l'unique cheminée de la maison glaciale. Puis, au matin, leurs rires sous le filet d'eau tour à tout bouillant et glacé d'une douche sommaire. Une autre nuit encore, à la belle étoile, sur une plage de Sardaigne. Ils avaient loué des Vespa et étaient partis à l'aventure avec un unique sac à dos. Des images défilaient, venues du temps de l'insouciance, et ces souvenirs, hier encore si douloureux, lui redonnaient l'espoir de poursuivre avec Laura leur trajectoire commune si brutalement interrompue.

Mais, déjà, Laura rompait le charme.

— Mon double et moi sommes solidaires ! N'abuse pas de ma faiblesse, s'il te plaît. Et ne t'avise pas de raconter à qui que ce soit que tu m'as surprise dans cette tenue. Maintenant que je suis rassurée à propos de cette tache, je vais aller chez le coiffeur. Dès cet après-midi. Ce soir, lorsque Paul rentrera, il trouvera sa maison en ordre et sa femme plus blonde que nature.

— Tu plaisantes, j'espère ! s'écria Alexandre, désarçonné par cette volte-face.

Les humeurs de Laura étaient aussi capricieuses qu'une météo marine, et il n'avait pas le pied marin.

— Mais pas du tout, répliqua Laura qui, toute chiffonnée qu'elle fût, retrouvait déjà un peu de sa splendeur. Je vais organiser un dîner. Malika viendra servir à table avec le tablier blanc que je lui ai offert à Noël. Je vais commander des bouquets assortis à la vaisselle. Des freesias, peut-être ?

Le cœur d'Alexandre se serra. La porte entrouverte se refermait déjà, le laissant de nouveau, tel un chien mouillé, sur le paillasson.

— Tu vas inviter des gens, à ce dîner, ou juste dresser la table pour faire une jolie photo et l'envoyer à un magazine de décoration ? demanda-t-il tristement.

— Inviter des gens, bien sûr ! répondit Laura sans relever l'amertume de la question.

— Tu veux dire des amis ?

— Des amis ?

— Oui, des amis ! Tu ne connais pas ce mot ?

— Je vais inviter Arnaud Crillon…

— … le directeur du mécénat de la banque Carat…

— … Stéphanie Gallet…

— … la célèbre critique d'art…

— … Pierre-Antoine Masson…

— … le directeur de la galerie Masson… C'est bien ce que je craignais. Tu es une formidable tête chercheuse, mais tu ne sais plus ce qu'est l'amitié.

— Mais tous ces gens sont nos amis ! Ils étaient à notre mariage.

— Une opération de relations publiques très réussie, ce mariage ! Essaie d'oublier une seconde ce que ces gens peuvent faire pour la carrière de Paul. Demande-toi si tu recevrais à ta table un Arnaud Crillon chauffeur de taxi, une Stéphanie Gallet institutrice, un Pierre-Antoine Masson assureur. On n'utilise pas ses amis, on leur donne en les remerciant de savoir recevoir.

Laura fronça les sourcils puis, se souvenant que les rides s'installent plus difficilement sur un visage serein, lissa son front de la main. Elle continua de rêver à voix haute. Alexandre n'était plus qu'un spectateur.

— Je vais leur donner un dîner qui va les éblouir. Ils admireront ma maison, mes verres en cristal, ma nouvelle robe. Ils s'en retourneront flattés que Paul et moi leur ayons laissé partager un peu de notre intimité. Nous passons pour un couple idéal. Nous n'avons pas le droit de décevoir.

— Es-tu sûre que c'est ce que souhaite Paul ? demanda Alexandre, consterné par la bêtise de ce qu'il entendait.

— Paul est épris de perfection, de raffinement. Les artistes sont comme ça.

À sa grande confusion, Alexandre sentait les larmes lui monter aux yeux. Il était furieux contre lui-même d'avoir cru un instant à la résurrection du passé. Il avait envie de donner des coups de pied dans les murs, au lieu de quoi, désignant les toiles de son rival, il laissa exploser son amertume.

— Les artistes !... Et toi, tu es sa muse, c'est ça ?

— C'est mieux que de n'être rien du tout. J'en suis fière.

— Fière de te mettre en scène, de ne dire que ce que l'on attend de toi, de te protéger sans cesse ? Fière d'une vie par procuration alors que tu attendais tant de l'existence ?

— Oh, c'est fini tout ça ! Je rêvais au-dessus de mes ambitions. J'aurais voulu être comme Hélène, faire de belles études, avoir un métier, pouvoir briller en société.

Alexandre n'en croyait pas ses oreilles. Était-ce là l'aveu d'une nouvelle faille ?

— Tu as dit à Hélène que tu l'enviais ?

— Non. Ça ne la regarde pas.

— Tu devrais, cela lui ferait plaisir. Elle t'admire tellement...

— Tu vois ! Tu es bien le seul à préférer la Laura d'avant. Laisse-moi, à présent. J'ai mille choses à faire pour nous rendre présentables, la maison et moi. Si tu savais comme je te suis reconnaissante ! Grâce à toi, Paul va pouvoir organiser sa prochaine exposition dans notre salon. Nous allons le faire repeindre pour l'occasion. Plus doux encore, plus pur, plus irréel. Comme nous allons être heureux ! Merci, vraiment…

— Pas de quoi ! grinça Alexandre.

— J'aimerais avoir une petite fille, poursuivit Laura, à présent rayonnante. Je l'appellerai Blanche. Un petit ange dans sa chambre laquée de blanc. Je lui offrirai un chaton aussi gracieux qu'un flocon de neige et je la vêtirai de tulle et d'organdi…

— Si tu fais une chose pareille, j'alerte la Ddass ! s'écria Alexandre, dévoré de jalousie mais aussi d'anxiété.

Laura avait un grain, c'était évident !

— Une petite fille-objet ! Réveille-toi, mon amour ! Te souviens-tu que tu rêvais de fabriquer avec moi un petit gaillard taillé pour le rugby ?

— Je ne suis pas ton amour. Je déteste le rugby. Je lui ferai un lit à baldaquin avec des petits rideaux en broderie anglaise, je les vois déjà ! Elle sera ma petite princesse, et je serai si fière de me promener dans la rue avec elle !

— Tu n'as plus l'âge de jouer à la poupée, mon cœur.

— Je ne suis pas ton cœur.

— Tu es mon cœur mais aussi ma vie et mon âme.

Alexandre avait crié, laissant libre cours à son désespoir. Laura le regarda avec commisération. Elle se sentait aussi peu concernée que s'il avait parlé d'une autre femme.

— Tu ne peux pas tout contrôler, insista Alexandre. Pas plus mes sentiments que les coups de pinceau de ton mari. Quant à ton passé… il restera tapi derrière la porte jusqu'à ce que tu oses enfin le regarder en face.

Disant cela, Alexandre avait désigné la porte d'où provenait toujours, quoique faiblement, la musique. Laura écarta soudain les bras, comme pour lui en barrer l'accès.

— Ne crains rien, c'était juste une image. Il y a quelque chose derrière cette porte ?

— Il n'y a rien du tout ! s'écria Laura. Il n'y a jamais rien eu, et je te mets au défi de prouver le contraire. Va-t'en !

— Pas la peine de te fâcher ! Je m'en vais. Quand te reverrai-je ?

— Drôle de question pour quelqu'un qui débarque toujours sans prévenir !

— Je n'ai pas l'intention de changer mes habitudes. Je voulais simplement savoir quand je pourrais revoir la vraie Laura… Celle que j'ai tant aimée pour sa fraîcheur, son naturel, sa gentillesse.

La voix d'Alexandre se brisa, mais il n'en avait pas terminé.

— Je l'ai tuée, répondit calmement Laura. J'ai pris sa place.

Puis elle posa sur lui un regard mort qui le traversa sans le voir et regagna sa chambre.

— Les dragées de baptême seront blanches, et je me ferai faire une robe…

Le reste de ses paroles se perdit derrière la porte dont le claquement sec acheva d'accabler Alexandre. Mais l'espoir peut survivre dans les cœurs les plus dévastés. Alexandre ravala ses larmes et roula le tapis qui dissimulait la tache. Puis il repartit la tête basse, honteux et furieux comme un domestique congédié, mais bien décidé à ne pas laisser Laura s'endormir de nouveau.

5

Paul ressemblait désormais à un jardin à la française dont les jardiniers seraient partis trop longtemps en vacances. Ses tenues au cordeau avaient été remplacées par des assemblages très créatifs de chemises hawaïennes fripées et de mocassins cirés ou bien de tongs avec un blazer en tweed. Il avait bien pris dix ans en ne taillant plus sa barbe, mais avait rajeuni d'au moins deux fois autant en se libérant de son rôle de prince consort. Il en était donc au stade de l'adolescent attardé qui n'avait d'autres maîtres que ses caprices. Après avoir dormi quelques nuits dans son atelier, il était revenu au domicile conjugal, moins pour y prendre des nouvelles du front que pour se laver enfin à l'eau chaude ! Mais la salle de bains était déjà occupée par Laura lorsqu'il était arrivé. Il avait échangé avec elle quelques banalités à travers la porte. Il lui avait semblé que sa voix était redevenue à peu près calme, mais il n'était pas certain d'être soulagé à l'idée d'un possible retour à la normale. Des digues avaient été rompues et, passée la frayeur des premiers débordements, il était heureux de pouvoir profiter comme il l'entendait de ce salon blanc qui lui avait coûté si cher. Assis par terre devant la table basse, il s'amusait pour le moment à empiler livres d'art, coussins et assiettes sales en une tour dangereusement haute et penchée. Il avait ouvert la fenêtre et sifflait à tue-tête pour couvrir le bruit de la rue. Un coup de sonnette interrompit son élan créatif, mais l'édifice tint bon. Il ouvrit la porte à une jeune femme très apprêtée et parfaitement élégante dans un manteau bleu lavande.

— Tiens, salut Hélène ! Je n'espérais pas te revoir si tôt. Je croyais que nous étions fâchés.

— Mon Dieu ! Alexandre m'avait prévenue, mais je ne pensais pas que c'était à ce point-là !

Hélène pinçait les lèvres avec dégoût, mais Paul voyait bien qu'elle jubilait. La chute de l'idole lui laissait toute latitude de grandir et prospérer à son tour, sans se heurter sans cesse à l'insurpassable modèle. Sa visite n'avait d'autre but que de s'assurer de sa victoire.

— Je voudrais voir Laura.

— Tu viens lui rendre son manteau ?

— Ce manteau est à moi.

— Pardon, j'avais cru le voir sur ma femme. Enfin, dans une autre vie, parce que tu vois, on ne nage plus vraiment dans l'élégance ici. Une seule petite tache, et tout fout l'camp ! Tu veux voir ?

Paul attrapa Hélène par la manche, mais celle-ci se dégagea avec irritation.

— Cette chemise est affreuse.

— Ça ne te plaît pas ? J'ai rapporté quelques vêtements de l'atelier. Des vieux trucs que j'aimais bien mais que je n'osais plus porter depuis que j'étais devenu le mari de Madame.

— Je peux comprendre… Pour un peintre, tu n'as aucun sens des couleurs.

— Mais j'ai celui de la forme. Regarde !

Paul ajouta une assiette à son échafaudage qui s'effondra dans un bruit de porcelaine brisée et un éclat de rire de sale gosse.

— Tu m'inquiètes, Paul ! dit Hélène avec un drôle de sourire satisfait.

— Je préfère t'inspirer de l'inquiétude que du mépris. Tu te souviens de tout ce que tu m'as dit la dernière fois que nous nous sommes vus ? Tiens, enlève donc ton manteau.

— Merci, j'aurais trop peur de le salir. Il n'y a plus un seul endroit propre ici ! À quel jeu joues-tu à te vautrer ainsi dans la crasse ?

— À aucun, ma chère. Je laisse juste mon naturel reprendre le dessus. Je m'épanouis. Je rajeunis.

— Je ne te crois pas. Tu n'es pas plus sincère aujourd'hui qu'hier. Tu as simplement changé de rôle. Qu'en dit Laura ?

— Laura… Je ne sais plus qui est Laura. La dernière fois que je l'ai vue, elle était encore plus mal habillée que moi. Toi, en revanche… Tu as eu une augmentation ?

Hélène tourna doucement sur elle-même.

— Comment me trouves-tu ?

— Laura pourrait porter ce genre de chose.

— Et alors ? Jugement positif ou négatif ?

Paul fit mine de réfléchir à la question. Il regardait Hélène qui se regardait dans le miroir et se dit qu'il aimerait la peindre nue. Mais peut-être avait-elle perdu ses grosses fesses qui prenaient si bien la lumière. Ses seins, en revanche, avaient toujours été sans intérêt. De son point de vue, du moins.

— Hier, j'aurais peut-être applaudi, répondit-il en lui effleurant les hanches. Je faisais encore partie des hommes qui se sentent flattés de sortir avec une femme dont le manteau affiche aussi clairement l'étiquette. Mais aujourd'hui… Mon système de valeurs a changé. Enfin, si tu as décidé de t'habiller comme ça tous les jours, Laura pourrait peut-être te refiler toute sa garde-robe.

— Ne dis pas de sottises ! Laura traverse une mauvaise passe, c'est tout.

Hélène était convaincue du contraire, mais elle jugeait inutile de piétiner une rivale à terre. Que cette rivale fût officiellement son amie ne la troublait pas outre mesure. Elle contemplait la progression de son mal avec une compassion mêlée d'authentique jouissance.

— Nos carcans sont en train de voler en éclats, dit Paul. Puisque Laura refuse de retourner voir le Dr Lazare, je lui fais des électrochocs à domicile en m'habillant comme un clown ou en mettant les doigts dans la confiture ! Mais c'est elle qui a commencé. Après tout, c'est elle qui a fait cette tache. Exprès, en plus ! Et à partir de là, tout cet univers factice de propreté, de sécurité, de bon goût est parti en quenouille ! On n'en sortira pas indemne, crois-moi !

Son rire retentit de nouveau, plus triste cette fois.

— On dirait que cela t'enchante ! dit Hélène.

— Je suis désespéré, rétorqua Paul en ôtant puis piétinant sa chemise hawaïenne. J'ai été pendant deux ans l'image du mari idéal selon Laura. J'ai lutté contre ma nature, je me suis forcé à peindre selon ses désirs, à me fondre dans son univers. Je pensais qu'elle était un être suprêmement raffiné, épris de beauté et de perfection. J'étais le crapaud amoureux d'une étoile, je me surveillais sans cesse afin d'être digne de vivre à ses côtés. Et, au moment où j'ai enfin la garde-robe, les bonnes manières, le coup de pinceau qu'elle attendait de moi, ma précieuse épouse devient folle, se néglige au-delà du supportable et me regarde comme un ennemi. Je suis perdu, Hélène.

À cause de deux centimètres carrés rouge sang sur une moquette blanche.

Il en rajoutait, bien sûr, mais Hélène perçut une authentique détresse dans sa manière quelque peu théâtrale d'exposer la situation. Elle se pencha sur la tache et l'effleura de son index verni.

— Tu ne vas tout de même pas te laisser impressionner pour si peu ! Vous n'avez qu'à changer la moquette. Ou bien déménager.

Paul parut soudain très vieux. Vieux et surtout usé. Il n'avait plus envie de rire ni de remettre sa chemise ridicule. Il avait envie de prendre sa tête dans ses mains et de pleurer. Tout cela n'était pas un jeu mais un naufrage.

— Tu ne comprends pas, souffla-t-il, au bord des larmes. La vraie souillure, c'est ce visage inconnu que m'a montré Laura. Je ne sais plus qui est vraiment la femme que j'ai épousée. Je ne sais plus si je l'aime, si je pourrai continuer de l'aimer telle qu'elle est devenue. S'il me serait possible de l'aimer de nouveau parfaite sachant qu'il y a des démons sous le masque.

— Comme dans tes tableaux, dit doucement Hélène en retournant le tableau abîmé toujours posé par terre. Vous êtes quittes, voilà tout. Pourquoi serais-tu seul à avoir des failles, des zones d'ombre ? Tu as peur que les faiblesses de Laura ne mettent les tiennes en lumière ?

Paul préféra éluder la question.

— Et toi, Hélène, que vas-tu penser de Laura à présent ? Le jour où tu parviens enfin à lui ressembler, aucune personne raisonnable ne peut plus songer à l'imiter. Tu dois te sentir trahie.

Paul avait marqué un point. La question avait déstabilisé Hélène au point que, sans crainte de gâter son vernis, elle grattait machinalement de l'ongle la trace indélébile, comme hypnotisée.

— Non, répondit-elle prudemment. Je ne me sens pas trahie parce que… Ce que j'ai voulu saisir chez Laura, c'est la part cachée de moi-même. Je n'ai jamais supporté de me voir dans un miroir, car je n'y retrouve pas ce que je ressens à l'intérieur de moi-même. En revanche, je me suis toujours sentie trahie par mon apparence ordinaire, alors que…

— … alors que tu es quelqu'un de tellement extraordinaire, c'est cela ? la coupa méchamment Paul.

— Pourquoi pas ? s'indigna Hélène, piquée au vif. J'en ai assez que mon physique pollue le regard des gens sur moi. Laura n'a jamais eu qu'à paraître pour être admirée et créditée de toutes sortes de qualités humaines qu'elle n'a jamais eues. Elle nage dans la soie, on la croit raffinée. Ses cheveux brillent, on la dit rayonnante. Sa peau de pêche est celle d'une femme forcément tendre et caressante. Et chacun de venir vers elle avec le sourire de la bienveillance et le désir de l'aimer afin d'être aimé en retour. Alors que Laura n'aime personne, qu'elle est dure, dénuée de compassion et intellectuellement sans intérêt.

Au regard horrifié de Paul, Hélène comprit qu'elle était allée trop loin. Elle n'aurait pas dû venir, cet appartement ne provoquait que des désastres.

— Moi qui te croyais son amie ! protesta Paul. Mais tu es un monstre ! Oser parler d'elle ainsi !

— Qu'a-t-elle fait pour toi à part te dépouiller de toi-même ? se défendit Hélène. T'a-t-elle soutenu, aimé, encouragé ? T'a-t-elle soigné lorsque tu étais malade ? A-t-elle parfois cherché à te faire plaisir ?

— Mais enfin, Hélène, je l'aimais ! Le seul fait de partager sa vie suffisait à mon bonheur.

— Que partageais-tu avec elle ? Une passion commune ? Un projet de vie ? Des enfants ? Rien, Paul, il n'y avait rien d'autre que l'illusion qu'elle te faisait une faveur en te réduisant en esclavage. Tu le sais, n'est-ce pas ? Sinon pourquoi aurais-tu parlé de ton amour au passé dès la première petite crise ?

— Elle est malade, avoua Paul en s'asseyant par terre, le menton sur les genoux. Elle a besoin de moi.

Il avait l'air si malheureux qu'Hélène fut tentée d'agiter le drapeau blanc. Mais elle souffrait de cet amour qui ne lui était pas destiné. Elle n'était donc pas encline à la charité.

— Cela te rassure de te croire indispensable, dit-elle froidement. Mais tu l'enfonces en jouant son jeu. Tu l'as rendue dépendante de toi. Je ne sais pas lequel des deux est le plus nuisible à l'autre.

Paul rapetissa sous le coup.

— Pourquoi es-tu si méchante ?

— En quoi est-ce méchant de dire honnêtement ce que l'on pense ? insista Hélène, impitoyable. Regarde où vous en êtes ! Des morts vivants !

— Tu n'as donc aucune compassion ? Tu ne vois pas que Laura a peur de tout, de la vie, des autres, d'elle-même ? J'ai mis longtemps à comprendre quelle détresse se cachait sous ce besoin de tout maîtriser, derrière cette phobie du bruit, des odeurs. Laura est paniquée à l'idée que la vie lui joue des tours, lui fasse des surprises, bonnes ou mauvaises. Tout est lisse autour d'elle afin de n'offrir aucune prise.

— Tu vois ! triompha Hélène. Tu l'as empêchée d'affronter ses démons, et voilà comment elle réagit à la moindre petite contrariété ! Elle est devenue tellement inconsistante qu'elle se volatilise à travers la première petite fissure de sa jolie boîte blanche ! Enfin, tout cela n'est pas dramatique. D'après Alexandre, Laura est seulement en train de redevenir telle qu'elle était avant votre rencontre !

On ne pouvait pas blesser davantage Paul qu'en lui rappelant que Laura avait eu une vie avant lui. Une vie dans laquelle elle avait été une autre femme qu'il n'avait pas connue. Il n'avait jamais été jaloux du présent, mais il souffrait de ce passé dont il ignorait tout. Hélène comprit qu'elle avait fait mouche et insista.

— Elle a eu une vie avant toi, et Alexandre en a été le témoin privilégié.

— Coucher avec ce minable n'est pas ce que j'appellerais « avoir eu une vie avant moi » ! Je sais mieux que lui quelle femme j'ai épousée.

— Alexandre dit qu'elle a changé du jour au lendemain. Il n'a jamais compris pourquoi. C'est pour essayer de comprendre qu'il lui tourne toujours autour.

— C'est tout ce qu'il a trouvé pour se justifier ? Et je serais donc l'infâme qui aurait conduit ma femme aux portes de l'asile psychiatrique ! Mais vous êtes des monstres !

Il s'affaissa tout à fait et se mit à pleurer sans retenue.

— Je ne comprends pas, répétait-il entre deux sanglots. Je ne comprends pas… Elle était si belle, si belle…

Gênée, Hélène se releva pour se poudrer devant le miroir. S'il lui avait fallu une preuve que la beauté ne protégeait pas de tout, elle l'avait à ses pieds. Paul reniflait, pitoyable.

— Arrête de pleurnicher ! Je te croyais heureux de ta liberté retrouvée !

Paul se releva soudain, mais la remontrance d'Hélène n'y était pour rien. Vêtue du même manteau bleu qu'Hélène, la reine Laura venait d'apparaître, sortant de sa chambre comme si elle n'y était entrée que pour dormir ou se parer. Elle était resplendissante, plus blonde, plus soignée que jamais. Toute trace de triomphe disparut du visage d'Hélène. Les deux femmes se toisaient, l'une radieuse, l'autre trop consciente de n'être qu'une misérable copie d'un modèle redevenu inatteignable.

Paul se précipita pour serrer sa femme dans ses bras.

— Oh, mon Dieu ! Laura... Comme tu es belle ! Si tu savais comme je suis heureux que tu sois aussi belle !

— Attention, tu vas me froisser ! répondit Laura en le repoussant doucement. Pourquoi es-tu torse nu ? Désolée, Hélène, de te recevoir dans un désordre pareil. Simple accident de parcours, mais cela n'arrivera plus, promis. Quel joli manteau tu as ! Ravissant, vraiment.

Hélène rougit, gênée.

— Merci. Le tien est très bien aussi.

— Comment te sens-tu, ma chérie ? demanda Paul d'une voix anxieuse.

— Très bien, minauda Laura. Grâce à Alexandre ! Que ferais-je sans Alexandre ? Grâce à lui, j'ai décidé de repartir d'un nouveau pied. Je suis... euphorique !

— C'est merveilleux, ma chérie. Mais pourquoi Alexandre ?

— Sans lui, je ne me serais peut-être jamais décidée à devenir mère. Ah, quel bonheur !

Paul ouvrit de grands yeux et ne sut que dire. Hélène tenta discrètement une sortie, consciente que la conversation ne la concernait plus.

— Reste, Hélène ! intervint Laura. Pourquoi ne serais-tu pas la marraine ?

— Et moi le parrain, c'est cela ? demanda Paul qui s'était ressaisi et fulminait à présent de rage contre son rival, dont la persévérance avait manifestement fini par triompher.

— Le parrain ? Pourquoi le parrain ? Si tu passais une chemise propre, tu ferais un père très convenable pour notre petite Blanche.

— Blanche ?!

— La petite fille que j'ai décidé de faire avec toi. Ça ne te fait pas plaisir ?

C'en était trop pour Paul. Il avait cru quelques minutes à la guérison de sa femme, mais force lui était de reconnaître qu'elle était passée de l'autre côté du miroir. Cette succession trop rapide d'espoirs et de déceptions allait le rendre fou.

— Laura, implora-t-il. Cesse de t'agiter et…

— Bon, bon, on en reparlera plus tard. Tu devrais appeler Alexandre pour le remercier.

Paul chercha de l'aide du côté d'Hélène, mais celle-ci ne songeait plus qu'à fuir. Elle était venue se pavaner dans son nouveau manteau, or l'ambiance n'était plus au concours d'élégance. Sous ses paupières admirablement fardées, les yeux de Laura brillaient d'une excitation hystérique, bien plus inquiétante que l'abattement des derniers jours.

— Vous m'excuserez, mais je crois que je vais y aller.

— Attends-moi ! ordonna Laura. Je sors avec toi, j'ai une course à faire.

— Hé là, pas si vite ! protesta Paul. Tu peux m'expliquer pourquoi je devrais remercier Alexandre ?

— Mais… Pour la tache, bien sûr !

— La tache ? Ne me dis pas que tu as oublié qui avait fait cette tache !

Laura fronça les sourcils, contrariée de s'entendre rappeler un épisode de sa vie qui manquait cruellement de dignité. Ce n'était pas très délicat de la part de Paul, mais quelle courtoisie pouvait-on attendre d'un type torse nu et mal rasé ?

— Ne me prends pas pour une demeurée ! dit-elle sèchement. Je sais très bien qui a fait cette tache. Mais je sais aussi qui a réussi à la faire disparaître : Alexandre ! Quel soulagement ! Quand nous aurons repeint tout l'appartement, je me sentirai revivre !

— Tu parles d'une guérison ! Je ne comprends rien à ce qu'elle raconte ! souffla Hélène à l'adresse de Paul.

Mais Paul, lui, venait de comprendre, et s'écarta de sa femme pour aller poser son pied sur la tache.

— Normal ! rétorqua-t-il brutalement. Ce n'est pas à toi qu'elle parle. Tu veux bien nous laisser seuls, s'il te plaît ?

— C'est ce que j'essaie de faire depuis dix minutes !

— Attends-moi ! supplia Laura.

— Non, Laura. Hélène va s'en aller, et nous allons causer tranquillement, toi et moi.

— Mais de quoi ?

— Oui, de quoi ? ironisa Hélène.

— Toi, mêle-toi de tes affaires ! gronda Paul.

— Je t'interdis d'être grossier avec mes amis ! intervint Laura. D'ailleurs, tu devrais avoir honte de parler à deux femmes dans une tenue aussi débraillée. Tu n'es pas dans ton atelier ici ! Mais… Oh !…

Désignant le tableau toujours posé face contre terre, Laura s'adoucit soudain.

— C'est nouveau ? Tu as déjà peint en fonction de notre nouvelle couleur ? Je veux voir ça !

— Non ! s'écrièrent en même temps Hélène et Paul.

Laura s'approcha pourtant du tableau. Paul aurait voulu l'arrêter mais, pour cela, il lui fallait retirer son pied de la tache. Il fit signe à Hélène d'intervenir, laquelle, *in extremis*, attrapa Laura par le bras.

— Allez, viens ! dit-elle. On va faire des courses !

— Quelles courses ? Je n'ai besoin de rien. Je ne veux pas sortir. Je veux voir le nouveau tableau de Paul.

— Oublie ça, ma chérie ! Il ne me plaît pas du tout.

— Allons, allons ! Tu es trop modeste. Tu sais bien que j'aime tout ce que tu fais, pourvu que cela soit de la bonne couleur.

— La bonne couleur ! grinça Hélène. Tu as de la chance, Paul, elle te laisse la liberté du sujet !

— Ah, mais pas du tout ! Je ne veux rien de violent, je déteste l'hystérie, le sang, les larmes. Je veux du beau, du noble, du pur. Mais tout cela est facile pour Paul : il peint comme il est. N'est-ce pas, mon chéri ?

Le chéri était au supplice et ne cessait de changer de couleur. Il était verdâtre lorsqu'il fit remarquer à Laura qu'Hélène l'attendait pour sortir.

— Juste une seconde ! protesta Laura. Je ne vois vraiment pas pourquoi un tableau qui ressemble à mon mari bien-aimé pourrait me déplaire, surtout s'il est de la future couleur du salon.

Hélène et Paul se précipitèrent en même temps pour la retenir, mais Laura avait déjà retourné le tableau sur lequel le rouge et le noir s'étalaient, obscènes, bien plus visibles encore qu'après l'accident. La peinture blanche, telle une plaie rongée par le sel, s'écaillait. À l'agitation succéda un silence stupéfait. Hélène et Paul avaient les yeux fixés sur Laura, qui laissa finalement retomber le tableau comme si elle avait posé la main sur une chose dégoûtante.

— C'est ignoble ! dit-elle enfin, abattue.

— Laisse-moi t'expliquer ! supplia Paul.

— Je ne demande pas mieux !

— C'est l'occasion ou jamais de montrer que tu es un homme, commenta Hélène.

— Tu es toujours là, toi ? demanda Paul avec lassitude.

— Je pars. Je suis comme Laura, je déteste l'hystérie, le sang, les larmes… Mais à mon avis…

— Je me fous de ton avis! coupa Paul avec violence.

— J'avais compris!

Cette fois, Hélène réussit à atteindre la porte sans que personne cherchât à la retenir. Le silence retomba, pesant comme un couvercle sur un secret de famille. Mais Paul ne pouvait rester en place. Il se mit à déplacer des objets, à faire semblant de ranger. Laura, à l'inverse, était parfaitement immobile, comme frappée par un sort. Puis les larmes rompirent le charme, puis les cris.

— Tu m'as trahie! Tu m'as menti! Tu m'as trompée!

— Tu, tu, tu! Arrête, on dirait un klaxon! Je suis sur le banc des accusés et tu ne me laisses même pas m'expliquer.

— Ça y est, tu as eu le temps d'inventer un mensonge? Oh, Paul, moi qui te faisais tellement confiance, moi qui pensais pouvoir m'appuyer sur toi en toute circonstance!

— Justement! Je croyais avoir épousé une femme, pas une petite fille gâtée et irresponsable! J'en ai assez de faire tes quatre volontés! Assez de passer pour un imbécile avec mes tableaux fadasses! Assez de cette mascarade! Je n'en peux plus!

Au moment où ces mots franchirent ses lèvres, Paul sut qu'un point de non-retour venait d'être franchi. Il n'était plus temps de reculer, même si les conséquences devaient être terribles. Laura le regardait avec des yeux fous, horrifiée et déjà résignée à entendre le pire.

— Tu ne m'aimes plus! se lamenta-t-elle pour tenter de gagner un peu de temps.

— Est-ce aimer que tuer sa propre personnalité pour le confort de l'autre?

— Je ne t'ai jamais demandé une chose pareille. Est-ce ma faute si nous avons toujours été d'accord sur tout?

— Tu ne m'as jamais permis d'être d'un avis différent du tien.

— Alors tu faisais semblant ? Tu m'as joué la comédie ? Mais pourquoi ?

— Pourquoi... Mais regarde-toi, Laura. Comment peut-on avoir envie de contrarier une femme telle que toi ?

Laura perçut un reste d'amour dans cet aveu désespéré, une petite faille dans laquelle elle tenta de se glisser.

— Tu me contraries bien, aujourd'hui !

— Parce que tu m'as montré un autre visage de toi. À cause de cette tache. J'ai enfin ouvert les yeux.

— Tu m'as vue faible et tu en as profité ! explosa Laura. Eh bien, je vais redevenir forte, figure-toi ! Malgré cet infâme tableau qui me dit que tu es un infâme mari. Ce rouge et ce noir ! Tu préméditais de me faire vivre avec un tableau de sang sous une apparence trompeuse. Et tu croyais que je ne m'en rendrais pas compte ! Mais je sens ce genre de vibration, figure-toi. C'est pour cela que je ne pouvais pas simplement faire recouvrir la tache. Le seul fait de la savoir là, existante bien qu'invisible, aurait suffi à me donner la nausée. Jette-moi ce tableau !

— Tu me demandes de jeter mon propre tableau ? hurla Paul, suffoquant d'indignation. De commettre un crime contre ma propre inspiration ?

— Et pourquoi pas ? Tu l'as bien recouvert de blanc. N'était-ce pas déjà un attentat ?

— Non. C'est comme toi avec la tache : je sens mon tableau vivre sous la peinture blanche, je suis complice de sa clandestinité. Et contrairement à toi, je ne me raconte pas d'histoires. Je suis capable de voir mon œuvre sous l'écran qui la dissimule. Toi, tu te racontes des fables et tu finis par y croire. Comme une enfant... Une pauvre petite fille.

Sa voix se fit plus tendre sur ces derniers mots, mais Laura n'y prêta pas attention. Elle s'était approchée d'un autre tableau blanc accroché au mur et le regardait avec une attention soupçonneuse.

— Et sous celui-ci ? s'écria-t-elle en grattant furieusement avec l'ongle.

— Non ! protesta Paul en se jetant sur elle. Arrête ! Tu n'as pas le droit !

— Je veux savoir ! Aïe ! Tu me fais mal !

Ils en venaient aux mains à présent, mais Paul tentait encore de faire appel à la raison ébranlée de sa femme.

— Tu as dit que tu sentais ce genre de vibration. Tu n'as jamais rien senti, n'est-ce pas ? Alors laisse ce tableau tranquille. S'il te plaît.

Mais Laura, furieuse comme une bête piégée, continuait de gratter et menaçait à présent de s'attaquer aux autres toiles à coups de griffe et de poing.

— Du noir ! Du violet ! Quel cauchemar ! Encore du rouge ! Ici ! Chez moi, alors que je me croyais à l'abri !

— Mais à l'abri de quoi, nom de Dieu ! De quoi as-tu si peur ?

Paul avait réussi à plaquer Laura contre lui, mais elle lui résistait avec une force qu'il ne lui connaissait pas.

— Cette musique, Laura ! Encore cette musique derrière la porte ! C'est à devenir dingue ! C'est cette musique que tu fuis ?

Laura profita de cette diversion pour échapper à l'étreinte de Paul et retourner à son inspection fébrile.

— À chaque tableau tu m'as trahie ! Celui-ci, tu l'avais peint pour mon anniversaire. Un cadeau empoisonné.

Laura décrocha le tableau blanc et le jeta à terre. Résigné, Paul ne chercha pas à le ramasser.

— J'y ai mis tout mon amour, m'as-tu dit en me l'offrant. Tu l'as mis dans la première ou dans la deuxième couche, ton amour de faussaire ?

— Dans les deux, Laura, dans les deux... Tu ne veux pas comprendre ce que j'ai ressenti à ne plus pouvoir peindre selon mon inspiration...

— Hélène était au courant, bien sûr ! Tu crois que je n'ai pas remarqué votre manège ? Tu couches avec elle ?

— Pour rien au monde !

— Vous avez décidé de me rendre folle, tous les deux. Ensuite tu me feras interner avec la complicité du Dr Lazare et vous pourrez vivre ensemble dans *mon* appartement.

— Délire paranoïaque !

— Et son manteau bleu, je l'ai inventé ? Tu lui as offert le même. Pur cachemire doublé soie. Une fortune ! Je comprends pourquoi tu rechignais à repeindre le salon !

Laura avait ôté son manteau. Elle en arrachait les boutons et les lançait contre les tableaux. Elle attaquait la doublure lorsque Paul le lui arracha des mains et le jeta sur le canapé.

— Ça suffit ! Calme-toi ! Comment peux-tu croire de telles horreurs ? Hélène est fascinée par toi ! D'ailleurs, qui ne le serait pas ? Elle ferait n'importe quoi pour te ressembler, mais tu es inégalable. C'est toi que j'aime, Laura. Pardonne-moi. Jamais je n'ai voulu te trahir ni te faire de mal. Ces couleurs... C'était ma manière d'exprimer mon angoisse, de la jeter sur la toile pour ne pas être étouffé par elle. Viens dans mes bras, mon amour ! Ne me rejette pas !

Il lui tendait les mains, suppliant et malheureux. Laura estima qu'il était temps de calmer le jeu. Comme toujours, elle avait prêché le faux, grossissant à l'extrême un vague soupçon pour obliger Paul à sortir de ses gonds. À son visage ravagé, elle comprit qu'elle avait dépassé les bornes et prit pitié de lui.

— Tu as des angoisses, toi ? demanda-t-elle en posant sa tête sur son épaule.

Elle le sentit se détendre.

— Comme nous tous, ma chérie. L'angoisse de vieillir, de mourir, de passer à côté de la vie, de ne pas savoir discerner l'essentiel du futile. Lorsque je mets des couleurs sur tout cela, je m'en débarrasse. Et la deuxième couche, la blanche, m'évite de t'infliger mes conflits intérieurs. Prends-le comme une forme de politesse.

— Alors c'est cela, l'amour ? murmura Laura. L'addition de deux solitudes ? À quoi bon nous aimer si nous ne pouvons pas partager ce qui nous tourmente ?

— À quoi bon, en effet… ? Tu as abîmé mes tableaux. Tu m'as mis à nu et je t'ai vue sous un jour nouveau. Il va falloir apprendre à vivre avec ça.

— Si j'oublie la couleur des tableaux, tu pourras oublier que tu m'as vue en souillon ?

— Peut-être. Mais je crois que tu y gagnes.

— Bon. Alors la chose est entendue ! s'exclama Laura avec une gaieté forcée. On efface tout et on repart du bon pied. Mon Dieu, quel désordre !

Ses yeux, trop mobiles, brillaient de nouveau d'un éclat inquiétant. Elle surjouait son personnage.

— Sommes-nous devenus des rats, pour vivre ainsi au milieu des ordures ? poursuivit-elle. Mais nous avons fait la paix, et Malika va tout ranger. Nous allons pouvoir démarrer une nouvelle vie. Avec notre petite Blanche. Tu n'auras qu'à enlever tous tes tableaux. À la place, nous mettrons des photos du bébé. En noir et blanc. Nous resterons attentifs à ne plus jamais rien salir ni déranger. Pas de jouets vulgaires aux couleurs criardes traînant dans le salon. Pas de…

— Assez ! la coupa Paul. Tu me soupçonnes du pire, et l'instant d'après tu veux faire un enfant avec moi ? Où est la vérité ? La vérité c'est que tu ne m'aimes pas, Laura. Tu n'aimes personne, excepté l'apparence du bonheur, l'apparence de l'amour, l'apparence du confort. Et ta propre apparence de femme belle et comblée.

— C'est faux ! protesta Laura en se bouchant les oreilles. Et je croyais qu'on avait fait la paix. Que tu m'aimais ! Pourquoi te fâches-tu de nouveau ?

— Ce que tu aimes, c'est l'idée de pouvoir reconstruire ta tour d'ivoire après avoir connu ce chaos. Je ne suis qu'un élément du décor. Tu censures ma peinture. Tu m'habilles comme si j'étais une poupée. Tu ne m'autorises aucune existence propre. Si je me rebellais, tu me rejetterais comme un corps étranger. Ces derniers jours, dans ce désordre calamiteux, tu ne me voyais même plus. Je ne suis pas une plante verte !

— Tu es injuste, et tu cherches à me faire du mal ! Je pourrais t'aimer n'importe où, te chérir dans un lieu qui ne serait pas… approprié.

— Ah oui ? Alors que dis-tu de cela ? cria Paul en désignant à Laura la tache qu'il avait jusqu'ici réussi à lui dissimuler. Crois-tu que ton amour y résistera ?

Puis il tourna les talons et, sans attendre la réaction de sa femme, s'enfuit de cet appartement maudit en éclatant en sanglots. Laura, incrédule, fixa longtemps la tache. Puis elle prit enfin note que Paul était parti, peut-être pour ne plus revenir. Alors elle tomba à genoux et, au lieu de pleurer ainsi qu'elle en avait envie, se mit à frotter frénétiquement le sol à l'aide d'un très joli manteau de cachemire bleu lavande.

6

— Mais ils se disputent, ma parole !

Claudine tendit l'oreille, se délectant du drame qui couvait si près d'elle. Elle cessa de mastiquer les caramels qu'elle enfournait sans retenue. Elle réfléchissait mieux lorsque sa bouche était au repos. Une autre femme ? Un autre homme ? Le dentifrice mal rebouché ? Quand le ton monte, il n'y a pas de petit ni de gros sujet de discorde. Juste des envies de meurtre. Et là, c'est le premier qui dégaine qui sauve sa peau. Mal dans sa peau. Les disputes commencent toujours parce que quelqu'un n'arrive pas à se supporter. La colère, on la ressent d'abord contre soi-même et là, deux solutions : le meurtre ou le suicide.

Claudine se souviendrait toute sa vie de cette simple bouteille de lait qui avait tout déclenché. Deux jours qu'elle était renversée sur le lino gris du palier. Le lait avait caillé, tout l'escalier sentait le nouveau-né malpropre. Le coupable n'avait pas daigné nettoyer, et chacun attendait qu'un voisin le fasse. Plus on attendait, moins il y avait de chances pour qu'une bonne âme se dévoue. À cause de l'odeur. Ce jour-là, l'ascenseur était une nouvelle fois en panne. Huit étages avec les paquets de couches, son gros ventre et le petit calé sur la hanche. Au huitième étage, elle reprend son souffle pour recevoir à pleins poumons la puanteur de la flaque de lait. Elle ouvre la porte de l'appartement, pose le petit et les couches et, là, tout le poids de sa vie minable lui tombe sur les épaules. Le salon est pourtant comme d'habitude, pauvre mais bien tenu. Le soleil entre à flots parce que les stores extérieurs sont cassés depuis toujours. Sur la table, les fleurs que Denis lui a offertes pour leur anniversaire de mariage sont encore fraîches. Des glaïeuls saumon. Elles la narguent, ces fleurs. Elles font ressortir tout ce qui cloche dans l'appartement. Elles sont déplacées, et elle… Trente ans, et elle rentre de son plein gré dans cette HLM après avoir rêvé d'un château pour reine de beauté.

Le petit se met à pleurer. Elle dit toujours « le petit » parce qu'il y a des jours où elle ne sait même plus son nom. Son pauvre petit.

Denis tricote. Une écharpe, parce qu'il ne sait rien faire d'autre, et encore c'est elle qui lui monte les mailles. Des kilomètres d'écharpes qui ne tiendront jamais chaud à personne. Il ne se lève pas pour consoler le petit. Il n'a pas débarrassé la table du déjeuner. Il n'a pas nettoyé le lait sur le palier. Pas à lui de faire ça. Mais alors à qui ? Il ne répond pas. Il la regarde avec des yeux qui font d'elle sa bonniche pour la vie. Alors la dispute commence.

Claudine soupire, prend son album photo puis un nouveau bonbon dans la boîte pour ne plus penser. Mais elle pense encore plus, le beurre salé ne peut arrêter la boue qui déferle dans son cerveau.

C'est facile, quand on vit dans le luxe, d'être civilisé. On ne trouve rien sur sa route qui donne envie de flanquer des coups de pied dedans. Laura a tort de croire que Claudine déparerait dans son beau salon. Claudine a toujours pensé que sa place était dans un beau salon. Si elle en avait eu un, rien ne serait arrivé. Elle serait restée une princesse, et elle aurait préparé Laura à gagner le concours des Miss France à sa place. Une sacrée revanche ! Laura n'est pas aussi belle qu'elle, elle a moins de chien, mais quand on veut on peut. Si Claudine avait élevé elle-même Laura, elle lui aurait appris sa fameuse démarche sur laquelle tous les hommes se retournaient. Quand ce n'est pas inné, ça s'apprend dès l'enfance, ces choses-là. Après, c'est trop tard.

Mais la bouteille de lait a tout gâché.

Claudine tourna quelques pages de son album.

La dernière photo. Celle du journal. Elle été surprise par le flash, mais elle a eu le réflexe de sourire. Quand on est Miss, on tient son rang jusque dans l'adversité.

Ensuite, il ne s'est plus rien passé. Personne ne l'a plus jamais photographiée.

La dispute est moins bruyante. Tant mieux ! Tout gâcher pour un coup de sang…

Le sang, il y en a eu partout. Elle n'aurait pas cru qu'un si petit corps pouvait en contenir autant. Et de qualité, en plus, car on n'a jamais pu nettoyer. Il a fallu changer la moquette, en tout cas c'est ce qu'on lui a dit parce que Claudine n'a jamais remis les pieds dans cet appartement de malheur.

Le pauvre petit ! Il a voulu défendre son salaud de père, et c'est lui qui a pris le coup. Mais c'était un accident. Il était brave, ce petit. Pas comme sa sœur. Elle est arrivée sans bruit pendant la dispute et elle s'est arrêtée à la porte du salon. Sans entrer. Elle était au spectacle, et regardait avec ses grands yeux froids. Elle n'avait même pas l'air effrayé, seulement intéressé. Elle n'a pas eu un geste pour sauver son petit frère. Lorsqu'il a cessé de bouger, elle est repartie comme elle était venue. Sans bruit. Elle n'était pas là quand la police a emmené Claudine. Elle n'est jamais venue la voir en prison. On a dit qu'elle s'était acharnée pendant des jours et des nuits pour faire partir la dernière trace de sang, mais elle n'a pas réussi. Elle a été placée peu après, et on n'en a plus jamais entendu parler.

Des larmes coulent sur les joues de la vieille dame. Toute la scène vient de se dérouler de nouveau derrière son front usé. Tout ce qu'elle s'est efforcée d'oublier a resurgi avec une précision effrayante, réveillé par les cris de l'autre côté du mur. Soudain, le silence. Mais les images demeurent, indélébiles comme une tache de sang sur un tapis de laine blanche.

7

La journée passa, puis la nuit. Paul n'était pas rentré. Laura avait passé la nuit sur le canapé, tout habillée, le manteau ruiné lui servant de couverture. Au matin, Malika était venue, apportant avec elle des odeurs du dehors. Un mélange de savon de Marseille, parce qu'elle avait fait une lessive le matin dans son lavabo, d'épices orientales, parce qu'elle avait donné un coup de main au magasin de son beau-frère, et d'huile d'argan, parce qu'elle avait accompagné sa nièce au hammam. La vie. Tout ce que Laura détestait parce que, pour elle, ce qui sentait la vie sentait aussi la mort. Mais elle avait accepté que Malika la prenne dans ses bras et la cajole comme une enfant. Elle n'en était plus à élever de nouvelles barricades entre le monde réel et elle-même. Malika avait décroché tous les tableaux et les avait retournés contre le mur, assurant à Laura que Paul allait venir les reprendre.

— Merci, Malika. Il a appelé ?

— Non, vous savez bien…

— Il ne veut plus me voir ? Il vous l'a dit ?

— Vous savez bien…

— Non, je ne sais rien. Depuis combien de temps est-il parti ?

— À peine vingt-quatre heures. Et vous n'avez ni mangé ni dormi depuis ce temps-là.

Malika se tut. Elle ne se sentait pas le droit de répéter à Laura ce que lui avait dit Paul lorsqu'il était venu frapper à la porte de sa chambre, juste après l'effroyable dispute dont parlaient tous les voisins. Cette intimité dans laquelle ses patrons la laissaient entrer la terrifiait.

À 11 heures, Alexandre arriva pour constater l'étendue des dégâts. Malika le prit à part dans l'entrée, espérant un peu d'aide.

— Je ne sais plus quoi faire! chuchota-t-elle. Ne me laissez pas seule avec ce problème!

— Paul est parti, c'est ça? demanda Alexandre, qui jubilait à l'idée d'avoir confirmation de ce dont le coup de fil d'Hélène l'avait déjà informé.

— Il a dit qu'il reviendrait lorsqu'elle accepterait de se soigner.

— Elle n'est pas malade.

— Non, monsieur.

— Bien. Nous sommes d'accord! Alors pourquoi est-elle dans cet état-là?

Malika se troubla. La manière dont Alexandre avait posé la question lui laissa penser qu'il connaissait tout ou partie de la réponse. Elle jeta un coup d'œil inquiet en direction du salon et répondit dans un murmure:

— Je pense… qu'elle a un secret.

— Quel secret?

— Si je vous le disais, ce ne serait plus un secret.

— Laissez-nous, s'il vous plaît. Je vais lui parler.

— Je ne peux pas. Elle n'a plus que moi.

— N'en faites pas trop, Malika! Restez dans l'appartement si vous voulez, mais laissez-moi un peu seul avec elle.

— Je vais lui préparer quelque chose à manger, alors.

Malika alla s'enfermer à contrecœur dans la cuisine tandis qu'Alexandre prenait sa place auprès de Laura. Sa pâleur lui serra le cœur.

— Elle est revenue, murmura la jeune femme en remuant à peine ses lèvres blanches et sèches.

— Qui est revenue ?

— La tache de sang. Tu avais réussi à la faire partir, mais elle est revenue dès que tu as eu le dos tourné. Alors la dispute a commencé et…

Elle s'accrocha soudain à Alexandre, le saisissant aux épaules et l'obligeant à la regarder dans ses yeux devenus rouges et fous.

— Je ne l'ai pas tué ! Il faut me croire, Alex ! Je ne l'ai pas tué !

— Évidemment, répondit Alexandre, gêné. Vous vous êtes engueulés, cela arrive à tout le monde. Tu ne vas pas te rendre malade pour ça.

— Je n'ai pas fait un geste pour le sauver. Je me demandais seulement comment nous allions réussir à faire disparaître le sang.

— Laura ! Je ne comprends pas ce que tu racontes ! Il est arrivé un accident à Paul ? Pourquoi Malika ne m'a-t-elle rien dit ?

Alexandre avait haussé le ton malgré lui, effrayé par les propos et le regard vide de la jeune femme.

— Ce n'est rien. J'invente des histoires pour me tenir compagnie, dit Laura en se ressaisissant.

Son regard redevint presque normal, et elle haussa les épaules avec dédain.

— Tu es gentil d'être venu, Alex. Paul est parti. J'ai téléphoné à Hélène parce que j'avais peur de dormir seule ici, mais elle a refusé de venir. Heureusement, Malika était à la maison, elle est restée. Ils m'ont tous laissée tomber. Mais tu ne peux pas comprendre.

— Il y a deux ans, c'est toi qui m'as laissé tomber. Sans explication. Alors je peux comprendre.

— Deux ans, tu es sûr ?

— Certain. La seule chose que j'ignore, c'est pourquoi tu es partie.

Alexandre caressait les mains de Laura qui semblait réfléchir à la question. Il posa son front contre le sien et elle le laissa faire. Puis elle posa les lèvres sur sa joue et lui parla à l'oreille comme se parlent les enfants dans le noir.

— Tu te souviens de l'orage ? Le tonnerre nous a réveillés, et nous nous sommes aperçus que la fenêtre était ouverte. Nous ne nous sommes pas levés pour la fermer et nous avons laissé la pluie inonder la chambre. Nous étions bien au chaud sous la couette, rien ne pouvait nous arriver.

— Tu te souviens de cela ! Viens dans mes bras... Rien n'aurait pu t'arriver, j'aurais toujours veillé sur toi.

— Tu sais, Alex... Cette tache...

Laura s'interrompit pour s'installer plus commodément dans les bras d'Alexandre.

— À présent, je me moque bien de savoir si elle va disparaître. Je ne veux plus vivre ici. Il y a trop de souvenirs. Si je tends l'oreille, j'entends encore le bruit de la fermeture Éclair lorsqu'ils ont enfermé son corps dans une housse en plastique.

— Je t'en supplie, Laura, arrête de dire n'importe quoi. Personne n'est mort.

Laura se dégagea des bras d'Alexandre avec colère. Elle alla se blottir à l'autre bout du canapé, boudeuse et blessée.

— Je t'ai quitté parce que, déjà, tu ne savais pas écouter. Tu n'as pas fait beaucoup de progrès. Toi aussi, tu me crois folle ? En réalité, tu as peur d'entendre des choses qui bousculeraient tes certitudes et ta perception du monde.

Va-t'en avant de ne plus pouvoir dormir la nuit ! Retourne à ta petite vie confortable !

Alexandre s'était de nouveau approché de Laura et l'entourait de ses bras, la forçant à le regarder.

— Ma vie n'aura rien de confortable tant que je ne saurai pas pourquoi…

— Pourquoi ? Pourquoi ! Ce serait trop simple s'il y avait une explication pour chaque mystère ! Après, j'ai changé d'école. J'étais bonne élève, j'avais des copines, une maîtresse adorable. Alors pourquoi ? Ma mère avait voulu tuer mon père, on l'a mise en prison et on m'a arrachée à ma maison alors que mon père était sain et sauf. Pourquoi ? Mon petit frère est mort, je l'adorais mais je n'ai pas pleuré, j'ai seulement pensé à la tache sur le sol du salon. Pourquoi ? Pourquoi ?

Ce pourquoi, crié de plus en plus fort, se mit à tourner dans la pièce, strident et violent comme un vol de mouche.

— Mon Dieu, Laura, arrête ! s'écria Alexandre, effrayé, serrant à l'étouffer le corps fragile secoué de sanglots. Pourquoi n'as-tu rien dit ?

— Pourquoi ! Pourquoi !

— Pardonne-moi, mon amour ! Je voulais juste dire que je n'ai jamais su. Tu m'avais seulement parlé de ton adoption, tu m'avais laissé entendre que tu avais été abandonnée à la naissance. Toute cette mise en scène, depuis deux ans, c'était pour t'inventer une histoire différente ? Paul est au courant ?

Laura s'était tue. Avec une rapidité affolante, son visage recouvra une apparence ordinaire.

— Bon, on ne va pas faire la journée là-dessus, dit-elle froidement. Tout ça, c'est du passé. Tu veux bien me laisser, maintenant ?

— Ce serait de la non-assistance à personne en danger.

— Je vais très bien. Regarde comme tout est beau et propre, ici. Il ne peut rien arriver dans un endroit aussi joli et aussi bien tenu. J'ai trouvé une fille pour le ménage. Une vraie perle. Elle s'appelle Malika, tu devrais l'embaucher aussi.

Ce calme soudain, la voix douce et posée comme celle d'une hôtesse de l'air l'effrayait bien plus que les cris de petite fille blessée.

— Tu vas venir habiter chez moi, la supplia-t-il. Si tu veux, on embauchera Malika. Je prendrai soin de toi, tout ira bien.

— Lâche-moi ! Et ne me parle pas comme si j'étais malade ! Si je te suis, tu me mettras entre les mains du Dr Lazare. Tu te déchargeras sur lui de l'énorme problème que je te pose.

Alexandre allait protester qu'il ne savait rien de ce Dr Lazare mais, une nouvelle fois, la volte-face de Laura le surprit :

— Dis-moi, Alex, en toute sincérité : es-tu toujours amoureux de moi ? Tu sais que tout est fini entre Paul et moi ? Alors si tu veux toujours de moi…

On a beau avoir espéré jour et nuit entendre certains mots, on ne saute pas forcément de joie lorsque ceux-ci sont enfin prononcés. Soit parce que cet espoir qui nous remplissait tout entier nous donne, à peine réalisé, un sentiment de vide. Soit parce que le contexte, trop éloigné des contrées où notre imagination nous avait entraîné, dénature ces propos et leur ôte le sens que nous leur prêtions. C'est pourquoi Laura, bien qu'ayant très exactement prononcé les mots tant attendus par Alexandre, n'obtint pas le succès escompté.

— Écoute, Laura, je veux tirer certaines choses au clair, comprendre pourquoi…, bredouilla Alexandre.

— Toujours tes « pourquoi » ! le coupa Laura. Mais tu vas me rendre folle, à la fin ! Il n'y a rien à comprendre. Je t'ai quitté parce que je voulais changer de vie, c'est tout.

— Et aussi de physique, de manière de t'habiller, de milieu, d'amis, de cadre de vie ! Que s'est-il passé, mon amour ?

Alexandre avait tourné le dos à Laura pour ne pas être tenté de la reprendre dans ses bras, de la serrer à la broyer. S'il ne se montrait pas ferme maintenant, Laura continuerait d'agiter devant ses yeux l'écran de fumée de ses demi-vérités, de ses ellipses et pseudo-confessions.

— Mon amour..., répéta doucement Laura. Je suis toujours ton amour ? Tu ne m'en veux pas ?

Alexandre sentit sa volonté fléchir. Cette voix lui entrait dans le cœur et lui intimait l'ordre de se retourner, mais il tint bon. Il y avait, dans le ton de Laura, une supplication qui le mettait en position de force. S'il voulait connaître la vérité, c'était maintenant ou jamais. Sauf s'il flanchait.

— Je veux la vérité, martela-t-il, fixant devant lui le mur vide. Pourquoi tout ce blanc ?

— C'est une jolie couleur !

— La couleur du deuil chez les Chinois. La couleur de l'hôpital chez nous. Et de la morgue lorsque les lumières de la vie sont éteintes pour toujours.

— La couleur de la pureté, du mariage, des chemises du dimanche, du linge propre dans les armoires...

— Tout ce que tes parents ne t'ont pas donné, c'est cela ?

— Tu poses trop de questions.

Laura vint s'appuyer contre le dos d'Alexandre et l'entoura de ses bras. Il sentit à travers son pull le poids des chagrins et des deuils, concentrés dans sa jolie tête, posés entre ses omoplates. Mais il s'efforça de rester calme.

— Si ta mère n'a pas tué ton père, où est-il ?

— Il est mort quand même. Plus tard.

— Et ta mère ?

— Tu m'ennuies.

Plus de petite tête abandonnée sur son dos. Plus de voix câline. Mais la vérité était à ce prix.

— Elle a pris combien, au procès ?

Au silence qui lui répondit, Alexandre craignit que Laura eût quitté la pièce. Il se retourna, et son regard croisa celui, apeuré, de la petite fille qui vivait encore en Laura. Ses yeux viraient au noir lorsqu'elle lui répondit d'une voix qu'il ne reconnaissait pas.

— Vingt ans. Pour le meurtre de mon petit frère. Les jurés n'ont pas cru à un accident.

Alexandre retint son souffle. Enfin on y était ! Puis les yeux de la femme aimée redevinrent clairs et froids, pour protéger la petite fille blessée qu'il avait obligée à se démasquer.

— Cela te fait plaisir de remuer toute cette merde ? Tu cherches à m'humilier ? Eh bien, c'est raté, parce que les enfants ne doivent pas payer pour les erreurs de leurs parents !

— Ton petit frère a bien payé, lui ! Pardon, ce n'est pas ce que je voulais dire. Non, les enfants ne doivent pas payer, mais certains se punissent eux-mêmes. Dans leur tête, ce n'est pas vingt ans qu'ils prennent mais perpétuité. Vingt ans… Elle est toujours en prison ?

— Si on veut.

— Où est-elle ?

— Si tu m'aimes, ne me pose plus de questions.

— Je t'aime trop pour ignorer quelque chose qui te touche de si près.

— Le sort de ma mère m'indiffère, si tu veux savoir.

— Si c'était vrai, tu répondrais à mes questions.

Elle était têtue. Cela, au moins, n'avait pas changé. Au temps de leur vie commune, Alexandre avait toujours capitulé lorsque Laura faisait montre d'obstination ou de mauvaise foi. Par paresse, par amour mais aussi parce qu'il jugeait inutile de se quereller pour de futiles motifs. Cette fois, ils ne se disputaient pas, mais Alexandre ne voulait plus laisser Laura se dérober. Une fenêtre avait été ouverte sur son passé, un passé qui la gouvernait encore aujourd'hui. Non, elle n'était ni folle ni malade. Mais elle avait besoin d'aide.

— Dis, tu ne vas pas me laisser toute seule ici ? demanda-t-elle dans une déloyale tentative d'échapper aux questions. Je peux venir chez toi ?

— Seulement si tu me dis tout !

— Lorsque je suis partie, tu m'as dit que la porte resterait toujours ouverte pour moi, que je pouvais revenir n'importe quand sans que tu me poses la moindre question. Tu as changé d'avis ?

— Je ne sais pas si une promesse faite à la première Laura est valable pour la deuxième. D'ailleurs, tu ne reviens pas à la maison, tu fuis celle-ci. Dans ces conditions, je sais déjà que tu ne feras que passer. Je ne pourrai pas supporter de te perdre une deuxième fois.

Laura parut contrariée. Alexandre ne lâchait pas l'affaire.

— Tu pourrais venir habiter ici. Paul ne reviendra plus.

— Tu es folle !

— Si tu m'aimes, tu dois m'accepter telle que je suis.

— Ce n'est pas si simple… Tu es en pleine confusion, et moi je ne sais plus très bien ce qui me plaît chez toi.

Il mourait d'envie de lui avouer que, lorsqu'elle était partie, il avait pris l'habitude d'entrer chaque semaine dans une parfumerie afin de se faire donner une languette de papier sur laquelle on avait vaporisé son parfum. Chaque bouffée lui faisait venir les larmes aux yeux, son image s'imposait à lui avec tant de violence qu'il était terrassé par la frustration de ne pouvoir la serrer dans ses bras. Il était amoureux d'un parfum qu'elle ne portait plus et dont le souvenir le troublait toujours autant. Il avait pleuré une femme qui était devenue une autre, puis il avait désiré cette autre lorsque tout espoir de retrouver l'ancienne l'avait abandonné. Finalement, la Laura d'hier lui refaisait des avances par la voix de celle d'aujourd'hui. Il perdait pied.

— Embrasse-moi ! ordonna Laura, qui devinait son désarroi.

— La dernière fois que je t'ai embrassée, tu m'as repoussé ! dit-il, boudeur.

— Pas moi. L'autre Laura. Mais je suis de retour, Alex. Et c'est moi et non elle qui te réclame un baiser !

Comme elle se suspendait à son cou, Alexandre dut admettre qu'elle avait gagné. Qu'il en serait toujours ainsi. Qu'elle le mènerait toujours très exactement là où elle voudrait. Mais cela lui convenait d'être une marionnette, pourvu que ce fût elle qui tirât les ficelles. Il l'embrassa, essayant de revenir mentalement aux temps heureux où il la croyait sienne pour toujours. Immobile dans ses bras, Laura s'abandonnait, plus épuisée qu'amoureuse. Alexandre ferma les yeux, rejouant de mémoire les meilleurs moments de leur amour. La musique s'éleva de nouveau derrière la porte, vulgaire et entêtante, mais ils l'ignorèrent. Puis un autre bruit attira l'attention d'Alexandre, lui fit rouvrir les yeux et interrompre son doux retour vers le passé. Malika, stupéfaite, regardait le couple enlacé, hésitant à quitter la pièce. Sur un plateau, elle apportait une assiette fumante et une bouteille de vin.

— Pardon, dit-elle en rougissant. Je n'entendais plus rien, j'ai cru que Madame était seule.

Un rayon de soleil tombait, oblique, sur la bouteille dont l'élixir rougeoyait comme un petit bain de sang. Alexandre, suspicieux, empoigna le goulot.

— C'est pour qui ? Ton mari est revenu ? Ne prends pas cet air innocent ! Tu ne bois jamais une goutte de vin.

Laura secoua la tête et se dégagea avec humeur de son étreinte.

— Malika s'est trompée. Apportez-moi plutôt un thé, Malika.

— Malika ne se trompe jamais. Elle est payée pour être parfaite, tu l'as assez répété. Pour qui est ce vin ?

— De quel droit poses-tu des questions ? Tu te comportes en mari jaloux parce que je t'ai accordé un misérable petit baiser.

Une insulte directe n'eût pas fait plus mal. Mais Alexandre ne pouvait s'en prendre qu'à lui-même. Trop certain de sa victoire, il avait réagi étourdiment, pour ne pas dire sottement. Comme l'enfant qui, ramassant un oiseau blessé, le serre si fort dans sa petite main qu'il le tue alors qu'il souhaitait s'en faire un ami pour la vie. La Laura d'hier s'effaçait de nouveau, mais Alexandre ne se sentait plus la force de la retenir. Son orgueil prit le pas sur sa déception.

— Très bien ! Puisque c'est ainsi que tu vois les choses, je m'en vais. Tu n'as pas besoin de mon aide, tu es beaucoup plus forte que moi. Adieu, ma belle !

— Tu ne vas pas me laisser ici toute seule ! protesta Laura.

— Vous ne pouvez pas la laisser ici toute seule ! s'exclama Malika.

— Elle n'est pas toute seule, répliqua Alexandre avec amertume. Vous êtes là, vous, et puis il y a aussi le buveur de vin. De toute façon, je ne peux pas l'aider malgré elle.

Une pierre dure et froide lui écrasait le cœur. La jalousie, de nouveau, lui injectait son venin. Mieux valait fuir avant de provoquer un éclat dont les conséquences risquaient de lui échapper. Il n'était pas de nature violente, mais il avait peur de lui-même autant qu'il se méfiait de Laura. Ses mâchoires serrées sur toutes les horreurs qu'il avait envie de crier lui faisaient mal aux dents.

— Alex…, supplia Laura, effrayée par son visage. Reste !

C'était de nouveau la Laura d'hier qui s'accrochait à lui tandis qu'il se dirigeait déjà vers la porte, la traînant presque derrière lui.

— Je t'en supplie… Alex ! Je t'aimais ! Tu entends !

Cette fois, des larmes jaillirent des yeux brûlants d'Alexandre. Il en ressentit humiliation et fureur.

— Écoute-moi, Alex ! Ce n'est pas à cause de toi que je suis partie !

Laura abattait enfin sa dernière carte. Surpris, Alexandre se retourna, essuyant rageusement ses larmes.

— J'aurais pu passer ma vie entière près de toi ! Tu étais si gentil…

— Gentil ! s'indigna Alexandre. Gentil ! J'étais amoureux, Laura, pas gentil !

Malika lui lança un regard lourd de reproche. Cet homme qui se disait l'ami de Madame parlait trop fort et pas du tout gentiment. Sur un signe de Laura, elle posa le plateau et sortit à regret. Elle alla se poster derrière la porte de la cuisine. Non pas pour espionner, elle n'était pas comme ça. Mais un malheur est si vite arrivé !

— Tu disais que tu étais amoureux ! attaqua Laura. Et tu crois que, lorsqu'un homme a dit ça, il a tout dit ? À quoi m'a servi ton amour ? De quoi m'a-t-il protégée ?

— J'ignorais que l'amour fût un placement ou un remède ! contre-attaqua Alexandre, de plus en plus vexé.

— Tu m'as beaucoup regardée mais jamais écoutée.

— Tu n'as jamais daigné répondre à mes questions !

— Tu ne posais pas de questions, tu réclamais des comptes ! Pour toi, mon départ était forcément dirigé contre toi.

— Et contre qui d'autre ?

— Peut-être contre moi-même.

La voix de Laura se brisa mais, entre ses cils baissés, son regard se fit plus perçant. L'heure des confidences était enfin arrivée. Alexandre prit une longue inspiration pour tenter de se calmer, mais ses mains tremblaient. Laura ne portait plus ni arme, ni masque. Son visage s'était affaissé. Elle semblait à la fois plus âgée, et fragile comme une enfant abandonnée, cependant Alexandre ne pouvait s'empêcher de voir en elle une grenade dégoupillée, prête à lui exploser au visage. Sa voix, dénuée d'expression, le glaça.

— J'ai reçu un tel choc lorsque je l'ai vue à la télévision ! Elle racontait son crime comme si elle avait été l'héroïne d'un film. Elle pleurnichait sur sa fille qui ne lui avait jamais écrit en prison. Je voyais ce tas de graisse avec son visage de mère calamiteuse. Elle clamait qu'elle allait désormais consacrer toute son énergie à retrouver son enfant. Manque de chance, cet enfant, c'était moi. Comment m'aurais-tu jugée si tu avais su que j'étais la fille d'une meurtrière et d'un alcoolique ?

Laura avait saisi les mains d'Alexandre, elle les avait serrées de plus en plus fort jusqu'à cette question que jamais, aux jours sereins de leur amour, elle n'avait osé lui poser. Alexandre savait qu'il ne se rachèterait qu'en apportant la bonne réponse à l'attente angoissée de la jeune femme. Mais sa gorge était nouée et son cerveau engourdi. Il mourait de honte, en fait. Car cette grosse femme répugnante, il l'avait vue lui aussi, il s'en souvenait à présent. Ils étaient assis sur le parquet du salon, ils dînaient en regardant d'un œil distrait une émission de téléréalité. Laura avait plaisanté en remarquant qu'ils prenaient pour la première fois leur repas devant la télévision, comme un vieux couple qu'ils risquaient de devenir si l'exception se transformait en habitude ! Alexandre l'avait taquinée en lui disant qu'il fallait bien offrir une diversion à cette expérience culinaire désastreuse qui venait de se matérialiser sous ses papilles : une omelette carbonisée ! Laura, bonne joueuse, avait admis son incompétence et promis de ne plus toucher une casserole avant d'avoir acheté un livre de cuisine !

Puis elle s'était tue, le regard fixé sur l'écran. Il avait sans doute fait une remarque pas très fine sur l'allure de cette créature grasse et fripée, emballée dans des voiles roses. Le souvenir qu'il en avait restait flou, et il était aujourd'hui mortifié de n'avoir pas perçu alors le malaise de la femme qu'il disait aimer plus que tout au monde. Quel monstre d'égoïsme était-il pour être resté sourd et aveugle à tant de détresse ? Il avait envie de se jeter à genoux pour implorer son pardon, au lieu de quoi il demanda platement :

— Tu m'as quitté parce que tu avais honte de ta mère ?

— Honte ? Non, je ne crois pas. Mais je ne pouvais pas imaginer vivre en sachant qu'elle me cherchait et que, un jour ou l'autre, elle finirait par me retrouver. Je ne savais pas ce qu'elle me voulait, j'étais terrifiée. Alors j'ai décidé de prendre les devants.

— Je ne comprends pas. Pourquoi ne m'as-tu rien dit ? Je t'aurais aidée.

— Aidée à quoi ? Ce que je voulais, c'était mettre définitivement ma mère hors d'état de me nuire.

— Comment pouvais-tu être sûre qu'elle avait de mauvaises intentions à ton égard ?

— Mais il lui suffisait d'exister pour faire resurgir sous mes yeux tout ce sang. Elle était ce passé que j'avais rejeté de toutes mes forces. Elle revenait me hanter, foutre ma vie en l'air pour la deuxième fois. Je n'avais pas le choix...

Alexandre frissonna. De bleu, le regard de Laura était de nouveau devenu noir, impénétrable. Elle s'était tue, butée ou simplement perdue dans les eaux boueuses de ses souvenirs. Ses mâchoires crispées semblaient refermées sur quelque crime secret.

— Qu'as-tu fait, Laura ? souffla Alexandre.

Il s'attendait au pire, à présent.

— Que mérite une mère qui a tué son enfant ? demanda doucement Laura sans le regarder.

La question ne s'adressait peut-être même pas à lui mais à elle, justicière incontrôlable de son monde mal ajusté.

— Tu me fais peur, Laura !

— Je ne sais pas comment elle a fait pour engraisser autant en prison ! Le contraste avec moi n'en était que plus saisissant. Tu m'aurais aidée à la tuer si je te l'avais demandé ?

Le déjeuner qu'il avait pris à midi remonta à la gorge d'Alexandre. Il pressa ses mains sur sa bouche pour ne pas vomir et se ressaisit juste à temps.

— Tu l'as tuée ?

La question était monstrueuse, elle lui écorcha la langue et y laissa un goût amer. Laura, au contraire, était calme. Elle se mettait enfin à table et tenait à aller au bout de sa confession.

— J'ai commencé par mettre un gouffre entre elle et moi. Pour lui faire bien comprendre qu'elle n'avait rien à faire dans ma vie. Je ne pouvais pas me permettre de l'aborder avec mes cheveux queue de vache et mes tenues d'adolescente attardée : elle aurait pu penser que nous étions sur un pied d'égalité, se sentir autorisée à se conduire en mère avec moi, à exiger… Je lui ai joué une pièce dans laquelle il n'y avait pas de rôle pour elle.

— Pourquoi te donner tout ce mal si tu avais l'intention de la tuer ?

— Il y a bien d'autres manières de tuer que d'ôter la vie. Bien d'autres formes de suicide qu'une corde au cou ou une balle dans la tête. Mon plan n'a pas fonctionné. Elle a adoré ma nouvelle apparence, elle s'en est même glorifiée, me disant qu'elle était fière de moi, qu'elle m'avait donné un bon capital génétique, j'en passe et des meilleures. Elle s'est mise à me vouer une adoration obscène tout en jurant ne pas vouloir m'envahir. Une fois, une seule, je l'ai sortie de son foyer pour l'emmener au restaurant. En terrain neutre pour lui signifier que je ne voulais pas être sa fille. Tout le monde nous regardait, c'était peu après la télé. Je me suis sentie humiliée, salie que l'on puisse m'associer à elle. Horrifiée aussi de voir ses grosses mains s'agiter devant mon visage, ses mains infâmes que j'avais vues tuer mon petit frère. Cette femme que j'avais effacée de ma vie pendant vingt ans est revenue dans ma vie avec la même violence que le couteau dans la gorge de… de…

Elle était sur le point de craquer, au grand soulagement d'Alexandre qui était au supplice à l'idée d'entendre la suite.

— Chut ! fit-il en lui baisant rapidement les lèvres.

— Laisse-moi raconter jusqu'au bout ! protesta Laura, insensible à ce baiser qu'elle ne lui rendit pas. Peu après le restaurant, j'ai rencontré Paul. Ma bouée de sauvetage. Il était vraiment tout ce que je faisais semblant d'être. Sûr de lui, élégant – quoique à l'époque un peu trop excentrique à mon goût –, ne se posant pas de questions. Chez lui, tout était clair et propre, chaque chose était à sa place. Il ne s'énervait jamais. Il est tombé amoureux de moi. Il a cru trouver en moi un double et j'ai eu envie de jouer ce rôle. Pour me sauver. J'ai même forcé le trait pour être sûre de ne pas me trahir. Mais le piège s'est refermé sur moi. Je ne savais plus qui j'étais. C'était comme si on m'avait arraché la peau, j'étais entièrement à vif. Tu sais ce que c'est, une plaie ou une brûlure profonde ? Cela s'infecte au moindre microbe soufflé par un courant d'air. Alors on l'emballe dans une gaze immaculée, on évite les chocs, la saleté, le soleil. Et on se retrouve dans un grand appartement blanc à traquer la poussière. Et à cultiver ses secrets.

— Mon Dieu, Laura !... Tu n'as pas fait de bêtises, au moins !

— J'aurais pu la tuer si elle ne m'avait pas donné la phobie du sang. Non, rassure-toi, ma chère maman se porte comme un charme. Elle va beaucoup mieux que moi. Elle mange, elle dort, elle se dorlote, et sa fille chérie veille sur son bien-être. Dans le plus grand secret, cela va de soi. Paul lui-même ne sait rien. Je suis un agent double. Viens contre moi, s'il te plaît. Je ne suis pas méchante, tu sais. Je veux redevenir comme avant. Tu vas m'aider. Le départ de Paul m'arrange bien, finalement. Il m'a trahie, je ne l'aime plus.

Cela faisait beaucoup d'informations en peu de temps. Alexandre essayait de les digérer les unes après les autres, mais il n'avait toujours pas compris s'il y avait lieu ou non de s'affoler. Laura était calme, trop calme. Il la tenait contre lui, il sentait ses seins sous son pull, mais leur pouvoir érotique restait pour l'instant sans effet sur lui. L'image de Laura était encore trop floue pour lui inspirer du désir.

— Et ta mère ? Comment comptes-tu la tenir à distance si tu redeviens toi-même ?

— Je me suis trompée. C'est ma perfection qui la fascine. Elle n'est pas au courant pour la tache. Elle serait si déçue ! Tu crois que je devrais lui apporter son plateau moi-même ?

Alexandre comprit soudain que le plateau, le vin, le repas qui refroidissaient n'avaient jamais été destinés à Paul !

— Toi-même ? Mais alors elle est…

D'un geste las, Laura désigna la porte d'où, tant de fois, s'était échappée la mystérieuse chanson italienne.

— Ici. Neutralisée derrière cette porte. Un arrangement avec la voisine qui est partie vivre à l'étranger. La porte extérieure est condamnée, et celle-ci est toujours fermée à clé. Malika m'a aidée. En deux ans, personne ne s'est jamais douté de rien, conclut Laura avec son petit rire espiègle d'autrefois.

Alexandre était à la fois soulagé et abasourdi. Ce que venait de lui révéler Laura était bien plus fou, bien plus pervers que ce qu'il avait imaginé, mais rien de complètement irréparable n'avait été commis.

— Tu as enfermé ta mère ? demanda-t-il, davantage pour remettre ses propres idées en place que pour obtenir confirmation de ce qu'il avait parfaitement compris.

— Oh, tu sais, elle a l'habitude. Vingt ans de prison… Maintenant, au moins, elle a la télé. Une fenêtre sur le monde, comme on dit.

Puis Laura ferma les yeux et laissa retomber sa tête sur sa poitrine. La confession était terminée. Elle resta immobile et ne réagit pas lorsque Alexandre, l'entourant de nouveau de ses bras, lui chuchota à l'oreille des mots apaisants et consolateurs.

— Mon Dieu, Laura, quel cauchemar… Mais tout va bien aller, à présent. Je suis là.

Il la cajolait, embrassait son cou, ses cheveux, ses mains. Il reprenait possession de la femme aimée, se grisait de son odeur, du grain de sa peau.

— Dis-moi, Laura, tu m'aimes vraiment ? implora-t-il, soudain inquiet de l'inertie de la jeune femme.

— Ça va être froid ! répondit Laura en se dégageant.

Elle sortit une clé de sa poche et ouvrit la fameuse porte. Alexandre recula. La musique retentit, plus forte et plus aguicheuse que jamais. Laura entra, précédée du plateau. Si Claudine fut surprise de voir Laura au lieu de Malika, elle n'en témoigna aucune gratitude. Elle salua sa fille d'un reniflement furieux de bête en cage, envoya promener les cartes de sa réussite puis le plateau. Le verre se brisa, la bouteille se renversa, le vin rouge se faufila sous la table, mais cela n'avait plus guère d'importance. Claudine se rua hors de la pièce, tout en imprécations et effets de manche.

— Tu as voulu me laisser mourir de faim ! Ma propre fille, pour laquelle je me suis saignée !

Elle regardait avidement l'appartement dont l'accès lui avait toujours été interdit. Elle remarqua le désordre, les tableaux à terre retournés contre les murs.

— Tu étais sur le point de déménager et de m'abandonner ! Oh, bonjour, monsieur ! C'est ça, ton mari si distingué que tu n'osais même pas me présenter à lui ? Pardon de te le dire, mais ton salaud de père était moins mal habillé ! Enchanté ! Je suis la mère du placard ! Elle ne vous avait rien dit ?

Alexandre serra avec dégoût la main molle que Claudine lui tendait. Il n'eut pas le temps de la détromper, de lui dire qu'il n'était qu'un ami de sa fille. De toute façon, elle s'en moquait. Toute son attention était concentrée sur l'examen critique de l'appartement dévasté de sa fille. Elle cherchait quelque chose à dire, une vacherie, une basse vengeance. Elle jubila en découvrant la tache rouge.

— Ma fille ne me juge même pas digne de poser un pied sur sa moquette immaculée ! Chez moi, on pouvait manger par terre ! Ah, voilà le fameux manteau bleu ! Une serpillière de luxe !

Elle furetait, posait ses gros doigts un peu partout, marquait son territoire comme un animal. Elle se serait sans doute mouchée dans les rideaux s'il y en avait eu aux fenêtres. Alexandre était pétrifié. Laura ne la regardait même pas, elle observait ses ongles en attendant que passe l'orage.

— Tu peux me dire en quoi j'aurais déparé dans ce capharnaüm ? Je te croyais devenue une grande bourgeoise vivant dans le luxe et le raffinement. Tu m'as demandé de m'effacer parce que je faisais tache. Tu avais honte de moi ! Moi, une ancienne reine de beauté, oui, monsieur mon gendre ! Vous grimacez ! Vous aussi vous me rejetez ? De quel droit ? Je n'ai rien demandé, vous savez ! J'ai ma dignité. Je n'aurais pas demandé l'aumône à ma fille. Je voulais juste savoir ce qu'elle était devenue. Elle n'est jamais venue me voir en prison. Elle ne m'a jamais écrit. Je ne savais même pas où elle habitait. Heureusement, les gens de la télé ont bien voulu m'aider. Eux, ils comprennent la détresse des gens. Ils écoutent ceux qui ont eu des malheurs et qui veulent s'en sortir. Elle aurait dû être fière, ma fille, de me voir à la télé. Bien maquillée comme au temps des Miss. La maquilleuse m'a dit que j'avais un teint de pêche et elle m'a souhaité bonne chance.

Claudine était lancée, sa logorrhée envahissait la pièce comme un torrent d'excréments. La souffrance, la rancœur, la honte, le remords, la vanité empuantissaient l'atmosphère. Alexandre n'osait se boucher les oreilles, mais il faisait tout pour être intérieurement absent à ce spectacle affligeant d'une mère faisant intrusion dans l'intimité fantasmée de sa fille.

— Ça suffit ! coupa sèchement Laura lorsqu'elle en eut assez de contempler la repousse de ses cuticules.

— Cette enfant a toujours eu un cœur de pierre, poursuivit l'infatigable mère. Elle n'a même pas pleuré à la mort de son petit frère.

— Ce petit frère tué par sa propre mère, Alexandre ! Elle ose me faire des reproches, alors que…

— Il est hors de question que je joue les arbitres ! protesta mollement Alexandre.

— Oh, mais vous n'allez pas vous disputer à cause de moi ! minauda Claudine. Je suis en train de vous expliquer que je ne revendique rien. C'est Laura qui m'a amenée ici, où je suis séquestrée depuis deux ans. Je ne lui en veux pas, car je n'avais nulle part ailleurs où aller. Le foyer, c'était du provisoire. Mais j'espérais, à la longue, un petit signe d'humanité. J'ai payé, Laura, pour ce que j'ai fait. Pour le reste, je suis ce que je suis. Tu n'as rien voulu savoir de moi. Jamais tu n'es venue me parler. Tu m'as fait nourrir par cette fille en lui interdisant de m'adresser la parole. Pire que si j'avais été un animal. C'est fini, Laura. Je préfère encore dormir dans la rue qu'être enfermée à quelques mètres de la seule survivante de mon passé. Je peux juste prendre la couverture ?

— Tu peux même prendre mon manteau ! rétorqua Laura en le lui jetant à la figure.

— Tu ne me retiens pas ? Tu n'as pas peur que j'aille te faire honte ?

— Tu peux même garder l'appartement, si tu veux. Tu viens, Alex ? On s'en va !

— Vous me laissez ? Toute seule ?

— Mais non ! Regarde, tu as déjà de la visite !

Paul venait en effet d'arriver, de nouveau très « comme il faut », le teint idéalement hâlé. Alexandre le regarda avec haine, mais Paul ne lui témoigna qu'une indifférence polie.

— Salut, chérie ! Tu as de la visite ? Je ne m'attarde pas. Je viens juste récupérer mes tableaux, je suis mal garé. Il fait un temps superbe, hein ?

— Radieux ! grogna Alexandre.

— À la télé, ils ont dit que ça allait pas durer, intervint Claudine, dont la curiosité était à son comble.

— Paul, je te présente ma mère.

— Ah, très drôle ! Bonjour, madame !

Une grimace de dégoût passa sur le visage de Paul au contact de la main de Claudine.

— Paul est mon mari, se crut obligée de préciser Laura.

— Je préfère ça ! Vous êtes plus conforme que l'autre à l'idée que je me faisais de vous.

Paul haussa les épaules, manière de signifier qu'il ne comprenait pas de quoi on lui parlait, mais qu'il s'en fichait. Il rassembla ses toiles.

— Bon, je file. Ah, Laura… Le Dr Lazare t'attend demain à 11 heures. Je t'ai pris rendez-vous.

Le nez collé contre la fenêtre, Laura semblait captivée par le spectacle de la rue.

— Dépêche-toi ! dit-elle. Hélène s'impatiente. On ne fait pas attendre une femme qui porte un si joli manteau bleu.

— Ce n'est pas ce que tu crois, mentit Paul sans se donner la peine d'être convaincant.

— Il te ment, s'écria Claudine, espérant avoir trouvé un moyen d'établir un rapport de complicité avec sa fille. Je les ai vus s'embrasser par la fenêtre de chez moi. Comme Mike et Sabrina.

Paul la regarda avec surprise et mépris.

— Je ne crois rien, dit Laura. Rien de ce qui te concerne ne m'intéresse plus. Mais on peut rester amis, si tu veux.

— On s'appelle ? proposa Paul, un peu gêné tout de même.

— Je m'occupe d'elle, le rassura Alexandre. Je dis ça au cas où, par miraclc, tu t'inquiéterais pour elle.

— Écoute, mon vieux ... Je ne suis pas mesquin. Je lui laisse l'appartement.

— Ha, ha ! s'esclaffa Laura. Ça tombe bien, je viens de le donner à ma mère.

— Quelle mère ? Bon, je file, hein !

— Embrasse Hélène pour nous ! lança Laura tandis que Claudine, quelque peu secouée par l'apparition rapprochée de son gendre supposé et du futur ex-mari de sa fille, peinait à reprendre pied dans le monde réel.

Quant à Paul, il était déjà reparti sans avoir seulement pris la peine de découvrir le visage de sa belle-mère. Mais on ne pouvait le lui reprocher : il avait toujours ignoré en avoir une !

— Allez, viens, on y va aussi ! ordonna Alexandre. Tu veux prendre le temps de faire une valise ?

— Non. Tu as bien encore quelques vieux pulls et deux ou trois chemises blanches à me prêter ?

— Mon amour !

— J'ai faim !

— On va chez moi et je te prépare des lentilles ?

— Quelle horreur ! s'exclama Claudine.

Mais elle n'existait déjà plus, et Laura, ravie, sauta dans les bras d'Alex pour le remercier de cette excellente idée.

— Emmène-moi vite. Je ne veux plus jamais remettre les pieds ici.

Sans un mot, sans un regard pour sa mère, Laura quitta le théâtre de son acte blanc en tenant Alexandre par le cou. Au moment de disparaître dans la cage d'escalier, elle se retourna une dernière fois sur celle qu'elle n'avait plus appelée maman depuis la tragédie.

— Je te laisse les clés, lui dit-elle en lui tendant son propre trousseau.

— Et une adresse ?

— Adieu, Claudine.

Et ce fut tout. La porte métallique du vieil ascenseur claqua, sa mécanique rétive toussa un peu et Claudine, frappée de stupeur, vit disparaître les deux seules personnes qui, hormis Malika, l'avaient approchée depuis bientôt deux ans. Restée seule, elle demeura un moment immobile. Puis un petit rire la secoua, suivi d'un autre, plus long. Elle retroussa ses manches et se mit à ranger en se parlant à elle-même, à voix haute, ainsi qu'elle n'avait cessé de le faire durant ces années de solitude où elle avait appris à se satisfaire de la compagnie de la seule personne capable de l'écouter sans la juger : elle-même.

— La Providence a enfin souri à Claudine Dutat. Laura n'était pas digne de vivre dans un endroit pareil. J'aurais été bien attrapée si elle avait cru à mon amour maternel. Mais la chance devait forcément être de mon côté, puisque ma cause était juste. Je vais reprendre contact avec les gens de la télé. Les recevoir ici. Il faudra bien qu'ils comprennent qu'on ne retire pas la gloire à quelqu'un qui y a goûté. Cette fois-ci, je ne me contenterai pas d'une petite célébrité locale. Je vais vendre mes photos de Miss Poitou-Charentes, raconter mon histoire aux journaux. Mes mérites seront enfin reconnus. Jamais plus je ne me laisserai oublier. Laura ne me coupera pas les vivres tant qu'elle aura peur que je réapparaisse. Lorsque je serai une star, elle paiera cher pour que je ne dévoile pas son existence.

Puis la grosse et vieille Claudine esquissa un pas de danse avant de se laisser tomber de tout son long sur le canapé, dans la pose alanguie d'une star des années cinquante.

— Mon Dieu, comme la vie est magnifique ! soupira-t-elle en souriant au plafond blanc.

LE CHOIX DU ROI

Une cellule avec, au fond, un escalier dérobé. Un miroir ébréché est accroché au mur. Sur une table, des livres, du papier, une plume d'oie et un encrier sont rangés avec soin. Dans un coin, un clavecin. Un habit brun et or est disposé sur une chaise. Cinq-Mars porte une chemise blanche largement ouverte sur sa poitrine nue. Il se tient debout face au miroir.

CINQ-MARS. – Vingt-deux ans ! (*Il s'adresse une grimace.*) L'astrologue me l'a prédit. (*Il prend son chapeau sur la chaise et, sans cesser de se regarder, le pose sur sa tête.*) C'est écrit dans les astres. Si je réussis à passer ma vingt-deuxième année, je serai l'homme le plus heureux du monde. (*Il cache son visage dans ses mains.*) Le plus heureux… (*dans un sanglot.*) Le plus heureux… (*Il pleure.*)

Un serviteur entre. Il porte un plateau qu'il pose sur le clavecin. À la vue de l'homme, Cinq-Mars se ressaisit. Il repose son chapeau et ébouriffe ses cheveux avec désinvolture.

CINQ-MARS. – Du vin !

Le serviteur ignore Cinq-Mars. Il prend une partition sur le plateau et s'installe au clavecin.

Cinq-Mars. – Du vin, te dis-je ! Je veux boire à en perdre la tête. (*Épouvanté par ce qu'il vient de dire, il porte les deux mains à son cou. L'homme lui jette un regard apitoyé.*) Ne me regarde pas comme ça ! Tu crois que j'ai peur ?

Le serviteur se met à jouer du clavecin.

Cinq-Mars. (*On ne sait s'il se parle à lui-même ou s'il essaie de donner le change au claveciniste.*) – De toute façon, ils n'oseront pas. (*Avec angoisse.*) N'est-ce pas ? (*Saisissant le claveciniste par les épaules.*) Mais regarde-moi, à la fin ! (*Le secouant assez rudement.*) Que dit-on au-dehors ? Que le roi va bien se souvenir de me venir en aide ? (*Frappant soudain les murs avec rage.*) Au-dehors ! À l'air libre ! J'étouffe ! (*Dans un sanglot.*) Au nom du roi !

Le claveciniste se précipite sur Cinq-Mars. Il lui attrape les mains et les examine avec sollicitude. Tenté un instant de se laisser aller, Cinq-Mars le repousse rudement.

Cinq-Mars. – C'est qu'on devient fou à ne plus voir la lumière du jour. Je ne distingue même plus le soir du matin. Je m'étonne moi-même d'avoir encore l'usage de la parole. (*Il tourne furieusement comme un animal en cage.*) Tu ne sais pas ce que c'est, toi, de n'avoir personne à qui parler. Les mots écorchent lorsqu'on est obligé de les garder au-dedans de soi. (*Inquiet.*) Qui es-tu ? (*Le claveciniste fait signe qu'il est muet. Cinq-Mars veut le frapper.*) Muet ? Mais tu le fais exprès, ma parole ! On n'a pas le droit d'être muet lorsqu'on visite un malheureux qui depuis au moins… Je ne sais pas, tiens ! Les serviteurs changent tous les jours et ils n'ont pas le droit de m'adresser le moindre mot. Mais toi… On dirait qu'on t'envoie pour améliorer l'ordinaire. Drôle d'idée ! Je hais la musique.

Le claveciniste esquisse un geste d'impuissance. Il s'approche de Cinq-Mars et lui passe un bras autour des épaules.

CINQ-MARS, *le repoussant avec arrogance.* – Qui es-tu pour me plaindre ? Chaque soir, ta pauvre petite vie d'animal rampant est amputée d'un jour. Bouffée par le temps comme la pomme par le ver. Les hommes sont vraiment tous égaux ! (*Méchant.*) Quand tout sera grignoté, tu mourras stupidement. Un autre serviteur te remplacera, et la surface du monde n'aura même pas une petite ride de contrariété.

Les deux hommes s'affrontent du regard, puis le claveciniste se remet à jouer. Cinq-Mars sursaute.

CINQ-MARS. – Qui t'a permis de jouer cette musique ? (*Le claveciniste s'interrompt. Se radoucissant.*) Ne t'arrête pas. (*Le claveciniste joue de nouveau.*) Tu joues bien. On donnait cette musique dans la chambre de Marion tandis que nous… Enfin, moi ou les autres… (*Vaniteux.*) Mais, pour moi, c'était gratis. Pourtant, j'ai les moyens de payer. Le roi me donne tout ce que je veux. Mais ce n'est pas encore assez pour épouser… (*Facétieux.*) Marion ? Non ! Monsieur le Grand mérite mieux… Une princesse… Ah, voilà que je me sens mieux ! Mes pensées, elles, vont toujours librement ! (*Soupçonneux.*) Qui t'envoie ? Le cardinal ? (*Le claveciniste hausse les épaules et continue de jouer.*) La nuit dernière, le cardinal m'est apparu en rêve. Sa robe rouge dégoulinante de sang. (*Avec colère.*) Il est partout, cet homme ! Dans les salles secrètes où l'on complote. Sous les lits des amoureux. Derrière chaque pas du roi et jusque dans les songes des condamnés. Il n'était pas à mon procès, bien sûr ! Mais il y a tiré toutes les ficelles. Actionné les machineries les plus ignobles. Trahi sa parole et souillé l'amitié. (*Avec colère.*) Mais il est libre, lui, alors qu'on me vole chaque jour des heures qui seront à jamais perdues. J'ai si faim de vivre ! Qui t'envoie ? Ma mère ? (*Avec douleur.*) Ma mère ! Pourquoi les femmes ambitieuses sont-elles aussi cruelles pour leurs enfants ? (*Prenant le claveciniste à témoin.*) Elle nous a tous sacrifiés au bon vouloir du cardinal. Ma sœur, mon frère, moi... Pour quel bienfait ? La haine de Richelieu va s'étendre sur tous les miens ! (*Il rit méchamment.*) Je devais être l'honneur de la famille. Je suis sa honte. Et son tourment.

Le claveciniste s'interrompt. Il regarde Cinq-Mars avec désapprobation puis joue une berceuse.

CINQ-MARS, *rêveur.* – Dodo... Dors, mon tout petit... Elle a été tendre pour moi... autrefois... (*Se ressaisissant.*) Tu vas me faire pleurer avec ta berceuse ! Non ! Ne t'arrête pas ! (*Il prend sur la table une feuille et lit à mi-voix.*) « Madame, ma très chère et très honorée mère, je vous écris puisqu'il ne m'est plus permis de vous voir, pour vous conjurer, madame, de me rendre deux marques de votre dernière bonté (r*icanement du claveciniste. Cinq-Mars l'ignore.*)... l'une, madame, en donnant à mon âme le plus de prières possible, ce qui sera pour mon salut. » (*Nouveau ricanement du claveciniste. Cinq-Mars, agacé, continue sa lecture en silence. Il s'installe à la table et se met à écrire.*) « Ne faisant plus un pas qui ne me conduise à la mort, je suis plus capable que qui que ce soit de juger de la valeur des choses de ce monde. » (*Il repose sa plume avec lassitude.*) Mon Dieu… Chaque heure me tue.

Un homme entre par la porte principale. Son visage est dissimulé sous un capuchon de moine.

CINQ-MARS, *scrutant l'obscurité.* – Dieu soit loué, mon père !

Le claveciniste cesse de jouer, et regarde les deux hommes avec curiosité.

CINQ-MARS, *à son adresse et avec colère.* – Eh bien ? (*Il lui désigne la porte du menton. Le claveciniste sort en silence.*) Bon débarras ! Sa conversation est déplorable. Cet homme est assurément un espion de Richelieu. Maudit vieillard que ce cardinal ! (*S'adressant à l'homme avec une courtoisie forcée.*) Soyez le bienvenu, mon père. Ainsi, on accorde au traître la faveur de mourir l'âme en paix ? Le roi a pourtant interdit la confession aux condamnés devant subir la torture.

L'HOMME, *ôtant son capuchon.* – Ne m'a-t-on pas surnommé Louis… le Juste ?

CINQ-MARS. – Majesté !

LOUIS XIII, *lui tendant les mains.* – Cinq-Mars… (*Il lui effleure la joue.*) Mon cher ami…

CINQ-MARS, *reculant, méfiant.* – Majesté !

LOUIS XIII, *très ému.* – Je suis venu en ami, Henri. Adoucir votre peine.

CINQ-MARS, *se ressaisissant.* – Ce ne sera pas inutile, en effet ! Le bourreau prépare déjà ses outils. Il paraît que ce Janin ne recule devant aucun raffinement pour alimenter la conversation.

LOUIS XIII. – Taisez-vous! (*À mi voix, et regardant avec inquiétude en direction de la porte.*) Comment pouvez-vous croire... Vous ne serez pas soumis à la question! Mon Dieu, ce cachot!... Mon pauvre, mon cher ami! (*Il tend de nouveau la main vers Cinq-Mars, qui se détourne.*) Rien ne viendra meurtrir votre chair si douce.

CINQ-MARS, *avec insolence.* – Comme je vous comprends, Majesté! Une peau qui vous a coûté si cher en huiles parfumées, en linges délicats. (*Il prend fermement la main du roi.*) Touchez! Vous pouvez être fier de vos soins! Ma mère elle-même ne m'avait pas fait plus tendre!

LOUIS XIII, *piqué au vif et retrouvant d'un coup toute la morgue d'un roi.* – On ne parle pas ainsi au roi de France. (*Désignant le clavecin.*) Finalement, on ne vous traite pas si mal!

CINQ-MARS. – Est-ce à ma peau ou à mon âme que vous êtes venu pardonner?

LOUIS XIII. – Pardonner? Votre trahison est infâme, Monsieur le Grand.

CINQ-MARS. – Il n'y a plus de « Monsieur le Grand »!

LOUIS XIII. – C'est à ce titre, pourtant, que vous êtes condamné. Quel tribunal se soucierait des erreurs d'Henri?

CINQ-MARS, *s'emportant.* – Quel tribunal? Pour quelle justice?

LOUIS XIII. – La justice des hommes n'a pas vocation à être aussi parfaite que celle de Dieu.

CINQ-MARS. – La justice des hommes est un péché lorsqu'elle est celle de la vengeance. On vous a tout caché de ce procès ignoble! On m'a fait croire aux aveux de mon meilleur ami pour me faire parler et nous perdre tous les deux.

LOUIS XIII. – Il ne vous en a jamais fallu beaucoup pour parler inconsidérément.

Cinq-Mars, *s'énervant.* – On m'a extorqué des aveux en me promettant le pardon, mais on n'a pas tenu parole. Tous ceux qui m'ont fait condamner se sont déshonorés par leurs mensonges et par la bassesse de leurs procédés. La haine du cardinal m'a privé d'un procès équitable.

Louis XIII. – Peu importe le procès. L'issue était jouée d'avance. Vous savez bien, Cinq-Mars, qu'une mauvaise action n'est jamais répréhensible lorsqu'elle sert la raison d'État. Les droits et le bien-être des particuliers doivent toujours s'effacer devant les intérêts du royaume.

Cinq-Mars. – Je me demande parfois pourquoi Dieu a créé deux bouches pour dire la même chose ! Je ne pensais pas avoir droit à un sermon du cardinal jusque dans cette cellule. (*Sur un ton d'exquise politesse.*) Mais je suis injuste pour ce cher homme qui vous est si dévoué ! Vit-il toujours ? On le dit bien malade…

Louis XIII. – Votre disgrâce lui rend la santé. Et détruit la mienne.

Cinq-Mars, *ironique.* – Vous connaissez donc le remède. Que font donc vos médecins ?

Louis XIII. – Ne vous méprenez pas, Cinq-Mars ! Lorsque Dieu aura la grande bonté de rappeler à lui le cardinal, je plaindrai de tout mon cœur les âmes qu'il retrouvera au ciel. L'Éternité risque de leur paraître bien longue. Mais, en les plaignant, je me dirai en moi-même : « Chacun son tour, j'ai eu mon compte ! » A-t-on jamais vu un ministre vouloir gouverner ainsi à la place du roi ? (*Perfide.*) Certains favoris s'y sont essayés, mais leurs velléités se sont heurtées aux limites de leur intelligence ! Enfin ! S'il m'arrive de me plaindre du cardinal, sachez que jamais je ne soutiendrai un complot contre lui.

Cinq-Mars, *toujours sur le même ton de politesse hypocrite.* – Un complot ? Quelle faute de goût, Majesté !

Pourquoi voudrions-nous priver le royaume d'un si grand prêtre qui a sacrifié son bonheur de dire la messe à la nécessité de truffer votre chambre d'espions ? Un saint qui ne renonce à compter ses millions que pour persécuter la famille royale ?

Louis XIII. – Vous persiflez, Cinq-Mars. En d'autres temps, je m'en serais remis au cardinal pour vous laver la tête, mais ce soir…

Cinq-Mars, *ironique.* – Vous n'aimeriez pas avouer au cardinal que votre escapade nocturne ne vous a pas conduit dans le lit de la reine !

Il se précipite vers la porte et l'ouvre brusquement. Le claveciniste tombe à l'intérieur de la cellule. Il met ses bras devant son visage, comme pour se protéger d'une correction.

Cinq-Mars. – Tu tombes bien ! Si, si ! j'espérais de tout mon cœur te trouver là ! (*Mine stupéfaite du claveciniste. Cinq-Mars l'attrape par les cheveux et lui désigne le roi.*) Tu reconnais cet homme ? (*Le serviteur fait « non » de la tête.*) Cet homme venu me faire l'aumône d'une conversation.

Louis XIII, *dissimulant son visage.* – Je vous en supplie…

Cinq-Mars. – Il me supplie ! Moi, Monsieur le Grand ! (*Au serviteur.*) Tu ne reconnais pas cet homme qui supplie ? Cet homme qui se cache dans la cellule d'un condamné ?

Louis XIII, *de plus en plus suppliant.* – Par pitié, Cinq-Mars…

Cinq-Mars. – Cet homme qui implore ma pitié ! (*Menaçant.*) Tu ne le reconnais vraiment pas ? Imbécile ! C'est le roi de France ! (*Effroi et incrédulité du claveciniste.*) Allez ! Baise-lui les pieds !

Le claveciniste tombe à genoux et va pour baiser les pieds du roi, qui le repousse brutalement. Il rampe alors jusqu'au clavecin.

LOUIS XIII. – Vous continuez de compromettre vos amis !

CINQ-MARS. – Vous n'êtes pas de mes amis. (*Silence glacial.*) Que puis-je pour vous, Majesté ?

LOUIS XIII. – Arrêtons cette sinistre farce !

CINQ-MARS. – Vous voulez parler de mon procès ?

LOUIS XIII. – Vous ramenez tout à vous !

CINQ-MARS. – Les condamnés songent rarement à sauver la peau de leur voisin ! (*Soudain poli.*) Que puis-je pour vous, Majesté ?

LOUIS XIII. – Je vous avais prévenu, Cinq-Mars, que le jour où Richelieu se déclarerait ouvertement contre vous je ne pourrais même pas vous conserver. Vous vous souvenez ?

CINQ-MARS. – Que puis-je pour vous, Majesté ?

LOUIS XIII. – Je vous ai donné mon cœur en vous promettant qu'il ne serait point partagé. Vous vous souvenez ?

CINQ-MARS. – J'ai encore toute ma tête ! (*Il ricane en se caressant le cou.*) Que puis-je pour vous, Majesté ?

LOUIS XIII. – Laissez-moi… vous aider… Je ne désire rien d'autre.

CINQ-MARS. – Il aurait peut-être fallu commencer par ne pas me nuire ! Mais rassurez-vous ! Mon sort est encore enviable ! Qui crie encore « Vive le roi » sur votre passage ? On n'entend que des pleurs lorsqu'on éventre des maisons pour faire passer votre litière.

LOUIS XIII, *comme pour lui-même.* – Des cris d'épouvante… Des rumeurs d'enfer… Mes cauchemars sont devenus si bruyants que j'en ai perdu le sommeil.

CINQ-MARS. – Alors que moi… On a frôlé l'émeute lorsque je suis arrivé à Lyon ! J'avais l'air… d'un prince… Oui, d'un prince, avec tous ces gardes qui chevauchaient autour de mon carrosse. On m'acclamait ! Des jeunes filles s'évanouissaient en criant mon nom. Des mains anonymes se tendaient vers moi. Ah ! j'avais fière allure dans mon pourpoint de Hollande… Vous savez, Majesté, celui couleur de musc avec les dentelles d'or… Par-dessus, je portais mon manteau d'écarlate à gros boutons d'argent. Je suis sûr que le bon peuple n'avait jamais vu un prisonnier paré comme un prince !

LOUIS XIII, *presque attendri.* – Mon pauvre enfant ! Vous ne cesserez donc jamais de penser à vos toilettes ?

CINQ-MARS. – Le moyen d'oublier qu'on a eu trois cents paires de bottes et plus de cinquante habits !

LOUIS XIII, *de plus en plus attendri.* – Fol enfant ! Et moi qui vous grondais de ces débauches de dentelles alors que vous ne cherchiez qu'à me plaire ! (*Inquiet du silence de Cinq-Mars.*) Tout ce luxe, Henri… C'était pour me plaire, n'est-ce pas ?

Cinq-Mars claque dans ses doigts. Le claveciniste joue une marche majestueuse.

CINQ-MARS. – Deux cents gentilshommes me suivaient jusque chez vous… Les femmes se jetaient à ma tête…

LOUIS XIII. – Pour moi, Henri ! Je ferai pendre ceux qui ont osé dire que mon haleine vous dégoûtait. (*Plus bas et pour lui-même.*) Je me dégoûte suffisamment moi-même !

CINQ-MARS, *exalté.* – Le moyen d'oublier que je fus à vingt ans l'homme le plus puissant du royaume ! Grand Écuyer de France ! La reine elle-même implorait ma protection ! Et vous, Majesté… Vous n'étiez pas le dernier de mes courtisans !

LOUIS XIII, *pour lui-même.* – Ai-je seulement été le préféré ?

CINQ-MARS, *enjôleur.* – Quand je serai libre, vous me ferez si puissant que je pourrai épouser une princesse ! Une Gonzague ! Ma belle Marie ! Bien sûr, je devrai renoncer à Marion… Vous savez, la petite Delorme ? Des jambes, Majesté ! Une ardeur à l'ouvrage ! Mais il n'y a pas de vraie grandeur sans sacrifice. J'ai au moins appris cela auprès de vous !

Louis XIII regarde Cinq-Mars avec horreur. Il remet son capuchon et s'apprête à partir.

CINQ-MARS. – Vous partez déjà, Majesté ? (*Inquiet.*) Vous n'avez rien d'autre à me dire ?

LOUIS XIII. – Je ne voudrais pas troubler vos rêves d'amour et de grandeur ! Quant à moi… Je ne veux pas vous laisser abîmer mes souvenirs. Ma seule richesse. Votre folle jeunesse à mes côtés comme un talisman contre la mort. Vos joues roses dans mes mains grises. Vos élans passionnés lorsque je venais vous rejoindre…

CINQ-MARS, *étourdiment.* – Je n'ai jamais fait que me soumettre à la volonté de Votre Majesté !

LOUIS XIII, *vivement.* – Vous mentez !

CINQ-MARS. – Je suis prêt à jurer devant Dieu…

LOUIS XIII, *glacial et battant en retraite.* – Ce ne sera pas nécessaire. (*Silence lourd de sens.*) Vous ne serez pas soumis à la question !

CINQ-MARS, *indigné.* – La voilà, votre miséricorde !

Louis XIII. – Le roi doit toujours préférer la justice à la miséricorde. Il serait injuste que la connaissance de nos affaires privées nuise à la cohésion de mon royaume.

Cinq-Mars, *avec colère.* – Vous m'épargnez la torture pour vous épargner la honte !

Louis XIII. – Je n'ai pas honte. Pas de nous deux.

Cinq-Mars. – Vous craignez qu'on ne me fasse raconter comment le roi s'abaissait à…

Louis XIII, *avec colère.* – … à élever jusqu'à un rang social digne de l'amour d'un roi un simple gentilhomme ? À qui croyez-vous devoir vos richesses ? Votre pouvoir ? À vos seuls mérites, peut-être ? À votre intelligence qui a su, sous sa forme la plus perverse, vous attirer les bonnes grâces des puissants ? Mais l'on ne vous a jamais accordé autre chose que le crédit que l'on vous prêtait auprès de moi ! Quant à la reine… Elle n'a même pas la décence d'attendre ma mort pour préparer sa régence ! Elle n'a d'amis que ceux qui peuvent lui servir auprès du cardinal. C'est dire si elle vous a déjà oublié. Sinon trahi.

Cinq-Mars, *sursautant.* – La reine aussi ?

Louis XIII. – Vous comprenez pourquoi l'on ne doit pas trop vous inciter à parler ! Ce genre d'étourderie vaut un aveu. Je n'ai rien entendu. (*Menaçant.*) Jamais le nom de la reine ne sera prononcé dans cette affaire.

Cinq-Mars. – Mais vous avez suggéré que la reine m'avait peut-être trahi ! Or, pour trahir, il faut être du complot ! Ai-je tort ?

Louis XIII. – Oui. Par principe vous avez tort.

Cinq-Mars. – Et vous disiez être venu en ami ! Adoucir ma peine !

Louis XIII. – C'était vrai.

Cinq-Mars. – Seule la peur vous a fait sortir de vos palais. Oserez-vous me faire exécuter au plus vite afin de m'empêcher de parler ? (*Menaçant.*) J'ai encore mille choses à raconter au sujet du très pieux Louis XIII !

LOUIS XIII. – Vous ne savez que menacer lorsque vous êtes en tort ! Mais vous n'êtes qu'un pion, Cinq-Mars ! Un tout petit jouet sur l'échiquier du pouvoir. Vous avez joué votre partie. Fort mal, d'ailleurs. À présent, vous n'êtes plus qu'une mauvaise carte dont chacun cherche à se débarrasser. (*Cruel.*) Monsieur le Grand !

Cinq-Mars, boudeur, ne répond pas. Il enfile son habit et arrange sa toilette avec soin.

LOUIS XIII. – Vous faites bien le beau ! Le cardinal vous y a dressé. Vous devriez le remercier. Il vous a toujours admirablement conseillé !

CINQ-MARS, *surpris*. – Le cardinal et moi n'avons jamais été d'accord sur rien.

LOUIS XIII. – Alors vous êtes plus sot que je ne le croyais. Vous lui avez obéi sans même vous en rendre compte.

CINQ-MARS, *méfiant*. – Je ne comprends pas.

LOUIS XIII. – C'est peut-être que votre instruction laisse à désirer. Pourtant, Richelieu a essayé de la soigner ! Osez dire qu'il n'a pas dirigé votre vie depuis l'enfance !

CINQ-MARS, *révolté*. – Il a fait le malheur de ma famille, ça oui ! Il a si bien manœuvré ma mère que le château de famille est devenu un peu le sien. Enfant, j'y ai été témoins d'intrigues, d'actes secrets. J'y ai entendu les cris des prisonniers d'État que l'on y interrogeait avant de les jeter dans les oubliettes. J'y ai vu ma sœur devenir complètement folle de chagrin lorsque le cardinal l'a arrachée à son mari pour lui faire épouser son cousin.

Louis XIII. – Plaignez-la d'être devenue duchesse de La Meilleraye en n'ayant qu'à ouvrir son lit !

Cinq-Mars. – Bien sûr, je la plains ! Et permettez que je me plaigne aussi, car j'ai grandi sous la double tyrannie de ma mère et de la redoutable robe rouge. Mais, à quinze ans, je n'avais plus qu'une idée en tête : désobéir ! Pousser les murs… Dès que je suis entré à la Cour, j'ai mené ma vie à ma guise.

Louis XIII. – À la Cour – où, soit dit en passant, le cardinal vous a fait entrer –, nul ne peut vivre à sa guise. Pas même le roi. Depuis des années, Richelieu entoure la cour d'un réseau d'espions où il enrôle prêtres, médecins, domestiques… et favoris. Vous n'avez été qu'un favori à la solde de Richelieu, Cinq-Mars !

Cinq-Mars. – Jamais !

Louis XIII. – Vous avez été l'un des instruments de sa puissance !

Cinq-Mars. – Non, Majesté ! Je le jure devant Dieu !

Louis XIII. – Vous jurez trop pour être honnête. Je ne me suis pas assez méfié de vous.

Cinq-Mars, *avec véhémence*. – Le cardinal a voulu faire de moi un espion, je le confesse. Il m'a ordonné de lui rapporter toutes vos paroles. Il m'a menacé pour que je lui obéisse. Mais j'ai refusé. Depuis ce jour, il me poursuit de sa haine. Mon honnêteté a été bien mal payée. Dites-moi que vous me croyez !

Louis XIII, *se radoucissant*. – Je vous crois. Mais je comprends aussi Richelieu. À ses yeux, c'est trahir que de se refuser à commettre une mauvaise action si cette action est nécessaire au bien de l'État. Voyez-vous, Henri, un homme de pouvoir ne raisonne pas comme un sujet ordinaire. Moi-même, je ne serais pas le roi si j'avais les sentiments des particuliers. Pourtant, mes sentiments pour vous sont les plus humains que j'aie jamais ressentis. Mais, pour un roi, l'humain est une erreur... Vous êtes ma seule faiblesse.

CINQ-MARS, *obstiné*. – Je n'ai pas servi le cardinal !

LOUIS XIII. – Si ! À votre insu ! Réfléchissez, petite tête ! Qui est Monsieur le Grand ?

CINQ-MARS. – Si je vous avais trahi, j'aurais pu devenir duc et pair ! Connétable ! Garde des sceaux ! Abolir pour toujours l'extraordinaire distance qui sépare un Effiat de la duchesse souveraine de Nevers, une Gonzague ! Et m'unir pour toujours à Marie.

LOUIS XIII. – Si la princesse ne peut épouser le marquis de Cinq-Mars, elle ne vous aime guère.

CINQ-MARS. – Elle m'adore ! Hier, lorsque je traversai Lyon, un gamin m'a lancé une boulette de cire. À l'intérieur, il y avait un message de Marie. Des mots adorables, des promesses exquises...

LOUIS XIII. – Des promesses qui ne lui coûtent pas cher étant donné votre situation ! Vous ne m'ôterez pas de l'idée qu'elle n'aurait jamais accordé un regard au marquis de Cinq-Mars s'il n'avait été Grand Écuyer de France.

CINQ-MARS. – Pas plus qu'on ne vous aurait donné en mariage la plus ravissante des princesses si vous aviez été simple sujet. Et moi-même... Aurais-je laissé Louis toucher un seul de mes cheveux s'il n'avait pas été le roi ? Il y a d'abord l'amour de soi-même dans celui qu'on porte à autrui.

LOUIS XIII, *piqué au vif*. – Vous êtes cruel, Cinq-Mars ! Permettez donc que je le sois aussi. Qui vous a permis de vous hisser jusqu'à la duchesse souveraine de Nevers ? Richelieu ! Et pas par philanthropie, croyez-moi !

CINQ-MARS. – J'ai réussi par mes seuls mérites !

Louis XIII. – Quels mérites ? Votre paresse ? Votre pleutrerie au combat ? Votre talent extraordinaire pour convertir l'or du royaume en toilettes, carrosses et fêtes indécentes ? Vous croyez qu'il suffit d'un joli visage pour briller dans le monde ? Il serait temps qu'on vous ouvre les yeux avant que vous ne les fermiez pour toujours !

Le roi guette sur Cinq-Mars l'effet produit par ces paroles. Le jeune homme paraît troublé, mais il continue à s'occuper de sa toilette. Le claveciniste prélude dans son coin, sans paraître écouter ce qui se passe.

Louis XIII. – Vous n'êtes qu'un jouet !

Cinq-Mars, *avec impertinence.* – Vous me l'avez déjà dit !

Louis XIII, *désignant le clavecin.* – On vous flatte un peu, on pince la bonne corde, et l'on vous fait jouer ce que l'on veut.

Le claveciniste joue niaisement « C'est la Mère Michel… » Il cesse lorsque Cinq-Mars lève la main sur lui.

Louis XIII. – Lorsque vous êtes arrivé à la cour, je ne vous ai même pas remarqué. Mon cœur était pris. Deux fois pris, même. Par ma douce Louise de Lafayette, qui venait d'entrer au couvent…

Cinq-Mars, *l'interrompant.* – … son amour sacrifié à la raison d'État.

Louis XIII, *l'ignorant.* – Par Marie de Hautefort, qui me contrariait beaucoup mais de qui j'étais tombé amoureux jusqu'à l'obsession. Pour Richelieu, il fallait trouver un contre-pouvoir…

Cinq-Mars, *dédaigneux.* – Un bien grand danger !

Louis XIII. – Ne sous-estimez pas le pouvoir des femmes, Cinq-Mars ! Surtout lorsque la haine les tourmente. Louise et Marie haïssaient le cardinal. Alors Richelieu vous a choisi. Vous étiez une tête folle. Vous étiez débauché. Ivre de vous-même. Prêt à faire n'importe quoi pour vous faire remarquer. Vos ambitions faisaient de vous un jeune homme facile à gouverner. On vous a ordonné de me séduire, mais vos goûts vous portaient ailleurs. Votre orgueil a pourtant trouvé ce jeu excitant. Votre curiosité et votre ambition ont fait le reste. Lorsque vous êtes devenu mon favori, le cardinal a pu soupirer d'aise. Il avait enfin réussi à placer dans ma chambre une nouvelle paire… d'oreilles. Voilà vos seuls mérites, Cinq-Mars. On ne saurait blâmer une princesse de ne vouloir s'en contenter.

Cinq-Mars a cessé de se parer. Il regarde le roi avec horreur et se précipite vers lui.

Cinq-Mars. – Et après ?

Louis XIII. – Faites vos comptes ! Je vous ai autorisé à vous montrer insolent avec les altesses royales, je vous ai couvert d'or et je vous ai offert l'une des premières charges du royaume.

Cinq-Mars. – Ah, ah ! Je suppose que tous ces privilèges étaient pour me récompenser de mes nuits de débauche !

Louis XIII. – Décidément ! Dieu vous a mis du vent à la place de l'esprit. Et encore… On dirait qu'il y a des fuites… Des courants d'air… J'ai fait de vous un compagnon digne d'un roi !

Cinq-Mars, *d'une voix blanche.* – Et vous vous êtes laissé manipuler par le cardinal.

Louis XIII. – Non. Oh non… Pour la première fois de ma vie, j'ai cédé à mes sentiments. Lorsque je vous ai vu rayonner de bonheur amoureux auprès de Mlle de Chemerault et de Marion Delorme, j'ai été jaloux de toute cette lumière qu'il y avait autour de vous. J'en ai voulu ma part. Comme un doux édredon contre le froid désert de mon âme. (*Doucement.*) La tendresse, Henri, j'en ai probablement moins reçu que le plus misérable de mes sujets. Alors que vous… On dirait qu'il vous suffit d'apparaître pour vous attirer mille caresses.

Pendant ce temps, le claveciniste a opéré une avancée discrète vers la porte principale mais, au dernier moment, Cinq-Mars l'interpelle.

Cinq-Mars. – Eh là ! Où vas-tu, toi ? Ton maître attend des nouvelles ? Quelle drôlerie si tu pouvais lui dire qu'un roi, ici, se meurt… d'amour ! (*Ironique.*) Mais la raison d'État est le meilleur gardien de nos petits secrets. (*Il lui désigne le clavecin.*) Allez, joue ! Tu n'aurais pas une marche nuptiale, par hasard ?

Le claveciniste s'exécute. Cinq-Mars marche lentement, dans une parodie de procession et, prenant Louis XIII par le bras, l'oblige à en faire autant.

Cinq-Mars. – Vous entendez, Majesté !

Louis XIII, *s'accrochant à son bras.* – Oh oui…

Cinq-Mars. – L'amour est tout-puissant.

Louis XIII. – Tout-puissant !

Cinq-Mars. – Vous croyez m'avoir rabaissé ! Vous méprisez les raisons de mon ascension, mais l'amour me rend glorieux.

Louis XIII. – L'amour d'un roi!

Cinq-Mars, *le repoussant.* – L'am
Elle m'écrit qu'elle mourra si je me
veux bien mourir si je meurs aimé d

Louis XIII, *pour lui-même et dan*
je veux bien mourir si je meurs aim

Le roi s'approche de Cinq-Mars. Il va pour lui caresser le visage et se ravise.

Louis XIII. – Vous êtes cruel, Cinq-Mars.

Cinq-Mars. – Vous vous répétez!

Louis XIII. – Cruel comme tous ceux que la nature a trop gâtés. (*Désignant le clavecin.*) La musique m'apaise. Même lorsqu'elle est jouée par un sinistre individu comme celui-ci. Le soir de mon mariage, seule la musique m'a empêché de mourir de chagrin.

Cinq-Mars. – On m'a dit, pourtant, que c'était une belle fête. Moi aussi, un jour… J'aimerais tant!

Louis XIII. – On a noyé sous les ors et la ripaille l'union sordide de deux enfants qui ne se connaissaient pas.

Cinq-Mars, *rêveur.* – La fille du roi d'Espagne!

Louis XIII. – Que vouliez-vous que cela fît au fils du roi de France! On a donné tout le faste nécessaire au moment le plus humiliant de ma vie: une nuit de noces publique au cours de laquelle… j'ai dû me comporter en roi. Et subir ensuite des félicitations obscènes. Cette nuit-là, j'en ai voulu à Dieu de m'avoir fait souverain. Vous avez tort, Cinq-Mars, de prêter au pouvoir des vertus qu'il n'a pas. Le pouvoir est un tyran pour celui qui l'exerce. Vous auriez dû méditer cela avant de tomber dans les griffes d'une Gonzague. Vous ne la reverrez jamais!

Cinq-Mars. – Alors c'est vous, le tyran!

Louis XIII. – Moi ? Mais je ne vous interdis rien ! Si je vous dis que vous ne reverrez jamais Marie de Gonzague, c'est parce qu'il ne lui est plus nécessaire d'être aimée de vous. Sans nécessité, pas de désir ! Vous n'êtes plus Grand Écuyer, vos biens sont confisqués, et votre crédit auprès de moi est officiellement épuisé. De plus, aucun des membres de la conspiration n'a intérêt à se compromettre avec vous. Ils ont réussi à faire retomber sur vous seul la responsabilité du complot. Vous ne croyez tout de même pas qu'ils gâcheraient cet exploit par grandeur d'âme !

Cinq-Mars. – Je vous interdis de dire cela !

Louis XIII. – Le roi dit ce qu'il veut, petit gentilhomme ! Il ne vous reste plus que ce bel habit qui a dû me coûter au moins soixante livres pour vous donner une contenance. Mais retirez l'habit…

Cinq-Mars entreprend avec hâte de se déshabiller. Il est bientôt vêtu comme au début de la pièce, la chemise largement ouverte sur sa poitrine.

Louis XIII, *surpris.* – Que faites-vous ?

Cinq-Mars. – J'obéis. Vous avez dit : « Retirez l'habit. » Alors je le retire. Pour voir si, vous aussi, vous vous éloignerez de moi lorsque je serai nu.

Louis XIII, *troublé et se détournant.* – Vous pleurez ?

Cinq-Mars, *pleurant.* – Je vois bien que vous n'êtes pas venu me libérer. (*Avec rage.*) J'aurais encore préféré être soumis à la question plutôt que d'être torturé de la sorte.

Louis XIII. – C'est votre orgueil qui souffre. Vous avez pris toutes les flatteries pour argent comptant, et vous êtes vexé d'apprendre que vous valez si peu ! L'amour est un miroir déformant, Henri. Si j'ai le courage de voir en moi-même la terrible contradiction qu'il y a entre l'homme faible que je suis et le souverain que je voudrais être, c'est parce que personne ne m'a jamais aimé. (*Menaçant.*) N'est-ce pas ? Vous ne dites rien ? (*Suppliant.*) Vous n'avez vraiment rien à me dire ? (*Pathétique.*) Nous avons eu de beaux moments, tous les deux. Vous ne pouvez pas le nier !

CINQ-MARS, *acerbe.* – Tout ce que j'ai nié, on me l'a fait avouer. Que dois-je répondre pour vous plaire ? Que je préférais la compagnie d'un vieux roi malade à celle des jolies femmes de mon âge ? Qu'il m'importait peu de périr d'ennui à vos parties de chasse ? Que je ne regrette pas d'avoir gâché ma jeunesse à remettre toujours le bonheur à demain ?

LOUIS XIII, *pathétique.* – Je vous ai vu rire, près de moi !

CINQ-MARS, *se forçant.* – Ah ! ah ! ah ! Il m'est facile de rire avec le cœur lourd.

LOUIS XIII, *de plus en plus pathétique.* – Vous aimiez être aimé de moi !

CINQ-MARS, *désabusé.* – L'amour... Vous venez de dire qu'il était un miroir déformant ! Néanmoins, j'aime assez plaire. Il est flatteur d'être aimé du roi lorsque tant d'autres essaient en vain de lui arracher un regard bienveillant.

LOUIS XIII. – Avez-vous... souffert lorsque j'ai cessé de vous aimer ?

CINQ-MARS. – Peut-on savoir quand cette fâcheuse lubie vous a pris ?

LOUIS XIII. – Fâcheuse lubie ?

CINQ-MARS. – De ne plus m'aimer.

LOUIS XIII, *souriant à demi.* – Vous êtes si bien habitué à mon amour ! Vous vous souvenez de cette nuit au château de Chilly ? Dans votre chambre de jeune homme... C'est drôle, mais je n'ai jamais réussi à vous imaginer enfant. Comment étiez-vous ?

CINQ-MARS, *à contrecœur*. – Vous n'avez qu'à demander au cardinal. Moi, je ne me soucie pas du passé.

Le roi soupire. Il hésite, puis va s'asseoir sur le lit.

LOUIS XIII. – Moi, je me souviens de l'enfant que j'étais. Dans le regard des autres, j'aurais pu me croire l'égal de Dieu. Lorsqu'on me faisait parader, des inconnus en larmes se jetaient à mes pieds. Des femmes que je ne connaissais pas se disputaient l'honneur de me baiser les mains. Mes habits d'apparat étaient tellement rebrodés d'or qu'ils m'écrasaient de leur poids.

CINQ-MARS, *rêveur*. – Adulé dès l'enfance en n'ayant qu'à paraître !

LOUIS XIII. – Qu'à naître ! Les rois naissent en public, Cinq-Mars ! La sage-femme n'a pas encore coupé le cordon que les puissants sont déjà prêts à toutes les bassesses pour se hisser jusqu'à cette royale petite chose visqueuse. Le roi ne connaît jamais le sursis bienheureux de l'enfance, lorsqu'on n'a pas encore conscience de soi ni du regard des autres.

CINQ-MARS. – Tant mieux. Les enfants sont si bêtes !

LOUIS XIII. – Innocents. Seulement innocents. Il faut être soi-même bien peu adulte pour mépriser l'enfant que l'on fut. Mais la vraie misère d'un roi, ce n'est même pas cette enfance interdite. Lorsqu'on me promenait de ville en ville pour calmer le peuple, je lisais de la dévotion dans le regard de mes sujets. Un peu de crainte, parfois, lorsqu'il m'arrivait de dire : « C'est assez que je le veux ! » Mais de l'amour, Cinq-Mars, jamais ! Au palais, ma gouvernante me battait comme plâtre. Les domestiques me raillaient. Ma mère ne voyait en moi qu'un dauphin, autrement dit un instrument de pouvoir pour elle. Quant à mon père…

Cinq-Mars, *ironique.* – Des vrais malheurs de riche ! Vous auriez sans doute préféré naître simple paysan !

Louis XIII. – Si Dieu l'avait voulu, je me serais contenté avec joie d'un petit lopin de terre…

Cinq-Mars, *l'interrompant.* – Allons donc ! Dans la campagne, il n'y a pas le tiers de vos sujets qui mange du pain ordinaire. L'autre tiers ne vit que de pain d'avoine, et l'autre tiers n'est pas seulement réduit à la mendicité mais languit dans une nécessité si lamentable qu'une partie meurt effectivement de faim. L'autre ne se sustente que de glands, d'herbes et de choses semblables. Comme les bêtes. Et les moins à plaindre de ceux-ci ne mangent que du son et du sang qu'ils ramassent dans les ruisseaux des boucheries. Mais si l'on parlait au bon peuple du malheur d'être roi, cela le consolerait sûrement de sa condition misérable !

Louis XIII. – Je connais tout ce que vous me racontez. J'en suis moi-même malade de pitié et de dégoût.

Cinq-Mars. – Alors faites quelque chose !

Louis XIII. – Toutes ces guerres que je ne sais pas arrêter…

Cinq-Mars, *feignant de se parler à lui-même.* – Il est étonnant qu'on vous envie un pouvoir aussi faible ! (*Directement au roi.*) Ce n'est pas parce que vous ne savez pas agir contre les grands malheurs que vous devez tolérer les petits. Vous aimez votre peuple, Majesté ?

Louis XIII. – Je suis au service du plus humble de mes sujets.

Cinq-Mars. – Ah, la lourde tâche ! A-t-on jamais vu un miséreux se présenter à vous pour vous demander de le servir !

Louis XIII. – Vous raisonnez !

Cinq-Mars. – Non. Je me souviens. Je me souviens de ces paysans de Picardie qui se prosternaient devant vous alors que vos chevau-légers avaient fauché des champs entiers d'avoines vertes. « Ce n'est rien, Sire, disaient ces braves gens. Tout est à vous pourvu que vous vous portiez bien. »

Louis XIII. – C'était par accident. J'ai mis pied à terre et exprimé des excuses…

Cinq-Mars. – … sans vous soucier plus avant de la famine qui allait suivre. Vous êtes reparti sans rien leur donner.

Louis XIII. – Le peuple est habitué à travailler dur et à avoir faim. Il ne faut pas trop s'attendrir sur l'ordre naturel des choses. Du moins, je le croyais… Mais on change, Cinq-Mars. Notre propre misère nous rend plus sensible à celle des autres. Je n'ai jamais été aussi cruel que lorsque je me suis cru heureux. Cette nuit, je pourrais tout pardonner, tout racheter, car je suis le plus malheureux des hommes. La vraie misère, Cinq-Mars, c'est celle de l'enfant qui grandit sans amour. Je n'en reçus aucun, et celui que je voulais donner fut méprisé. Cela n'a guère changé.

Cinq-Mars vient s'asseoir près du roi et lui prend la main.

Cinq-Mars. – C'est la première fois que vous me parlez sérieusement sans me faire la morale !

Louis XIII. – Si nous devions ne plus jamais nous revoir, j'aimerais que vous n'emportiez pas de moi une image fausse. Aimez-moi ou détestez-moi ! Mais pour de bonnes raisons ! (*Inquiet.*) Vous ne me détestez pas !

Cinq-Mars, *prudent.* – Pas encore. Pour le moment, je considère que tous mes ennuis viennent du cardinal. Mais vous m'avez humilié, Majesté. Vos paroles m'ont blessé.

Louis XIII. – Elles sont vraies. Je n'ai pas parlé par cruauté mais parce que vous devez connaître la vérité au sujet de votre ascension. D'ailleurs, vous l'aviez déjà pressentie. Mais vous êtes trop imbu de vous-même pour accepter de la regarder en face. Ou pas assez malheureux.

Cinq-Mars. – Toujours vos leçons de morale !

Louis XIII. – Pas du tout ! Je veux juste vous forcer, une fois au moins et avant qu'il ne soit trop tard, à être vous-même. Une vie est bien vaine lorsqu'on la vit en dehors de soi-même. (*Désignant la cellule.*) Vous n'avez jamais eu besoin de cellule pour être prisonnier. Vous êtes un esclave, Cinq-Mars ! Vous n'avez jamais accordé un sourire sans vous soucier de l'effet produit. Toutes vos actions ont été calculées pour plaire. (*Ironique.*) Vous devez être terriblement fatigué !

Cinq-Mars, *se révoltant.* – On ne peut rien contre la loi du genre ! Votre cour, Majesté, c'est une… une basse-cour ! On y glousse, on y cancane, on y monte sur ses ergots, on y…

Louis XIII. – Je ne vous permets pas !

Cinq-Mars. – Pour une fois, permettez que je déplaise ! Votre basse-cour, on s'y dandine, on y caquette, on s'y pavane dans l'espoir de se faire remarquer du coq. Le plus stupide de tous ces animaux stupides ! Seulement voilà : il a sur la tête une crête. Une couronne, en langage de poule. Et toutes les autres bestioles se pâment devant cette crête comme les dévots devant le Saint-Sacrement. Voilà comment on constitue une cour : de beaux dindons, quelques dindes galantes… et une bonne farce !

Louis XIII. – Vous vous sentez mieux ?

Cinq-Mars. – Non ! Je vois bien que vous me prenez toujours pour un poseur.

Louis XIII. – Peut-être. Mais moi, je me moque bien de vos beaux vêtements et de vos airs de grandeur. Je n'en ris même pas. De toute façon, je ne ris jamais. Je suis sûrement la seule personne au monde qui vous aime pour vous-même, dans l'indifférence complète de ce que vous pouvez représenter. Vous n'êtes pas un héros ? Tant mieux ! L'étoffe des héros est un tissu de mensonges. Vous êtes né simple gentilhomme ? Il faut bien naître. Ou ne pas être. (*Il cache sa tête dans ses mains.*) Il n'y a pas de plus grand malheur que celui d'être roi. Grâce à vous, j'ai appris que ce malheur était également ridicule.

CINQ-MARS. – Majesté !

LOUIS XIII. – Je n'aime que chasser, jardiner ou faire des confitures ! Vous avez vu quelle potiche je fais lorsqu'il y a fête au Louvre ou à l'Hôtel de Ville ? Je fuis l'intrigue et la paillardise. Je voudrais interdire le faste et les duels. Mes propres invités me saluent en retournant dans leur tête quelque nouveau pamphlet contre moi. « Il eut cent vertus de valet / Et pas une de maître ! » (*Le claveciniste accompagne avec ironie cette déclamation.*) Il est toujours là, cet imbécile ? (*Il tousse, cassé en deux.*)

CINQ-MARS, *lui passant le bras autour des épaules.* – Cela ne va pas, Majesté ? Pardonnez-moi…

LOUIS XIII. – Je n'ai aucun pouvoir non plus contre la maladie. Dites à cet homme de jouer pour moi.

CINQ-MARS. – Sa Majesté t'ordonne de jouer. Tâche de lui plaire !

Le claveciniste regarde tour à tour Cinq-Mars et le roi d'un air malin. Puis il se met à jouer.

LOUIS XIII, *entre ses dents.* – Maudit espion !

Le claveciniste fait mine de ne rien entendre.

CINQ-MARS. – C'est une bien belle musique, Majesté !

LOUIS XIII. – Je vous remercie, Cinq-Mars. Elle est de moi. Et, à moins de m'avoir espionné lorsque je la jouais pour moi seul, cet homme ne peut pas la connaître. (*Il ferme les yeux et écoute un moment. Soudain, il se met à murmurer avec précipitation.*) « Nous, ci-dessous signés, certifions à qui il appartiendra être très contents et satisfaits l'un de l'autre et n'avoir jamais été en si parfaite intelligence que nous sommes à présent. En foi de quoi, nous avons signé le présent certificat : Louis. Par mon commandement : Effiat de Cinq-Mars. Fait à Saint-Germain le 26 novembre 1639. » Mon plus beau traité de paix, Cinq-Mars. Il faut dire que cette bataille-là avait été rude !

CINQ-MARS, *se levant, visiblement agacé.* – Vous êtes venu vous assurer de mon repentir ? Vous perdez votre temps !

LOUIS XIII, *avec rancœur.* – Oser ériger Marion Delorme en rivale du Très Chrétien ! Vous aviez à peine prêté serment pour devenir Monsieur le Grand qu'on l'appelait déjà Mme la Grande !

CINQ-MARS. – À quoi bon signer des traités de paix si vous revenez toujours sur cette querelle ? Vous ne savez me faire que des reproches !

LOUIS XIII. – Une semaine à peine après votre triomphe, nous nous sommes querellés à propos d'un carrosse doré que vous vouliez vous faire faire. Vous avez alors boudé comme une vulgaire courtisane et vous vous êtes enfui chez cette…

CINQ-MARS. – Et pour une vulgaire courtisane, comme vous dites, vous vous êtes rendu malade de chagrin. Vous avez dépêché auprès de moi votre indispensable cardinal avec mission de nous réconcilier. Comme un sot, je me suis laissé faire.

Louis XIII, *mécontent.* – Comme un sot ! Vous n'êtes qu'un ignoble petit hypocrite, Cinq-Mars ! Vos bouderies étaient calculées pour m'amener à combler tous vos désirs. Vous étiez odieux, mais vous m'obligiez à me sentir coupable. Vous vous êtes bien ri de moi ! N'était-il pas grisant de savoir à votre merci le personnage sacré auquel Dieu a remis la France ? Répondez, Cinq-Mars !

Cinq-Mars, *se détournant.* – On a déjà instruit mon procès.

Louis XIII, *se précipitant sur le claveciniste et le jetant dehors.* – Hors de ma vue, sale espion ! Si tu t'avises de répéter à quiconque… Ce sera ma parole contre la tienne !

Cinq-Mars. – Ah ! ah ! Vous n'osez pas vous fâcher contre moi ! Vous passez votre colère sur un plus faible ! Combien de gens avez-vous envoyés à la mort plutôt que de m'infliger une correction ?

Louis XIII. – Plus de morts, moins d'ennemis.

Cinq-Mars. – Vous ne devriez pas adopter le langage de Richelieu. Vous n'en pensez pas un mot, et les mots des autres peuvent singulièrement faire mal.

Louis XIII. – Vous prétendez savoir ce que je pense ?

Cinq-Mars, *avec douceur.* – Savoir, peut-être pas. Mais m'en soucier, plus que jamais.

Louis XIII, *comme pour lui-même.* – J'ai tellement attendu ces mots… Qui s'est jamais soucié de savoir ce que je pensais ?

Cinq-Mars. – Pourquoi êtes-vous venu, Majesté ?

Louis XIII. – Pour savoir.

Cinq-Mars. – Le roi n'aime pas le doute.

Louis XIII. – Le roi a le droit de savoir pour quel genre de personne il a manifesté la seule faiblesse de son existence.

Cinq-Mars. – L'amour, une faiblesse ?

Louis XIII. – L'unique. L'impardonnable. Qui est cet Henri d'Effiat que j'ai passionnément aimé ? Et que j'aime encore…

Cinq-Mars. – Si je le savais moi-même… Vous en connaissez plus long que moi sur la question, dirait-on.

Louis XIII. – Essayez d'être honnête. C'est votre dernière chance.

Cinq-Mars. – Des menaces ?

Louis XIII. – Vous n'avez pas confiance en moi !

Cinq-Mars. – Vous m'avez laissé arrêter et condamner à mort !

À ces mots, les deux hommes se regardent longuement, intensément. Finalement, Louis XIII détourne son regard.

Cinq-Mars, *suppliant.* – Doit-on vraiment mourir lorsqu'on est encore si ignorant ?

Louis XIII, *brisé.* – La raison amoureuse est bien faible face à la raison d'État. Ma mère est morte en exil. Ma sœur, Mme Henriette, pleure à la cour d'Angleterre pour ménager nos alliances… Et Marie de Hautefort, chassée de la cour après y avoir été mon tourment et mon soleil ! Tout roi que je suis, je n'ai rien pu faire pour garder près de moi les trois femmes que j'aimais. Louis implore toujours en vain la pitié de Louis XIII.

Cinq-Mars. – Richelieu m'avait prévenu. On ne tombe pas dans les grâces du roi par degré mais par précipice !

Louis XIII. – Vous êtes l'unique exception. Aussi ai-je le droit de savoir pour qui j'ai été aussi faible. Je vous en supplie. Répondez-moi.

Cinq-Mars se retire le plus loin possible du roi et ne répond pas.

Louis XIII. – Je dois savoir. Je vous ai tenu souvent pour le plus grand ingrat du monde. Vous m'avez fait attendre parfois des heures entières dans mon carrosse pendant que vous crapuliez. Un royaume n'aurait pu suffire à vos dépenses.

Cinq-Mars. – Vous me donniez tout ce que je voulais. C'était là votre seul plaisir. Mais un royaume n'aurait pu suffire à acheter mes sentiments. Ils ne sont pas à vendre. Vous avez fini par me dégoûter, avec tous vos cadeaux !

Louis XIII, *outré*. – Combien de cadeaux avez-vous eu la dignité de refuser ?

Cinq-Mars. – Plus vous me gâtiez, plus je vous méprisais. Plus je vous méprisais, plus je me haïssais. Mais je me vautrais dans ces sentiments troubles. Il me semblait que je méritais bien quelques compensations pour vivre toujours dans votre (*avec dégoût*)... intimité.

Louis XIII. – Vous dites ce mot comme s'il était obscène. Sachez, Cinq-Mars, que cette intimité est pourtant la seule belle chose que vous m'ayez offerte. J'aurais été prêt à payer bien plus cher encore pour connaître cette douceur dont les rois sont privés.

Cinq-Mars. – Alors, vous êtes encore mon débiteur.

Louis XIII. – Sans cela, je vous aurais éloigné depuis longtemps.

Cinq-Mars va s'asseoir au clavecin. Il joue maladroitement le Dies irae *et fait mine de ne plus écouter le roi.*

Louis XIII. – La maladie ne m'a pas seulement causé des souffrances physiques, mais aussi l'intolérable humiliation d'être à vos yeux un vieillard en fin de course. J'aurais tellement voulu vous éblouir ! Faire briller dans vos yeux magnifiques un peu d'admiration ! J'ai été un jeune homme très brave, vous savez ! Un excellent guerrier ! Mais vous m'avez connu trop tard. Il ne reste plus de moi qu'un homme de devoir, un stoïcien ennuyeux. Et aujourd'hui… (*Il porte les mains sur ses tempes et ne peut poursuivre.*)

CINQ-MARS. – Aujourd'hui ?

CINQ-MARS. – Plaignez-moi ! Je vais devoir sacrifier le seul être que j'aie jamais aimé.

CINQ-MARS, *avec peur et colère*. – Alors vous ne m'aurez pas aimé davantage que votre mère, votre sœur ou vos maîtresses !

LOUIS XIII. – J'ai essayé.

CINQ-MARS. – L'âge, il est vrai, vous rend inoffensif !

LOUIS XIII. – J'ai essayé de vous aider ! Je vous ai donné deux chances de vous enfuir et vous ne les avez pas saisies.

CINQ-MARS. – Ma prison est gardée nuit et jour et l'on m'a si bien tourmenté que je n'aurais même pas la force de faire le mur.

LOUIS XIII. – N'avez-vous pas reçu un billet, à Narbonne, après votre dîner chez M. de Beaumont ?

CINQ-MARS. – Que cherchez-vous à me faire dire ?

LOUIS XIII. – Auriez-vous quelque chose à dire à ce sujet ?

CINQ-MARS. – Je ne trahirai personne. D'ailleurs, je ne sais rien.

LOUIS XIII. – Que disait ce billet ?

CINQ-MARS. – Je n'ai pas reçu de billet.

LOUIS XIII. – Une main anonyme avait écrit : « On en veut à votre personne. » Je me trompe ?

CINQ-MARS. – Vous vous trompez si vous croyez me faire parler.

LOUIS XIII. – Cette nuit-là, j'avais commandé de fermer toutes les portes de la ville et de faire fouiller toutes les maisons.

Cinq-Mars, *hargneux.* – Trahi par un mari jaloux! Arrêté en plein sommeil dans le lit d'une maîtresse! Traîné dans les rues sans manteau! Comme un criminel. Si un inconnu a voulu m'aider, il s'y est pris comme un sot!

Louis XIII. – Tout était parfaitement organisé. L'une des portes de la ville est restée ouverte toute la nuit. Pour vous! (*Avec colère.*) Petit imbécile! Il ne fallait pas vous cacher! Il fallait fuir!

Cinq-Mars. – Inutile de ruser avec moi. Je ne sais rien de ce projet de fuite.

Louis XIII. – Vous n'avez pas confiance en moi! Ce billet qui vous avertissait du danger, je l'ai écrit de ma main!

Cinq-Mars, *prenant les mains du roi.* – De votre main? Laquelle? Celle qui signa mon ordre d'arrestation?

Louis XIII, *s'emportant.* – J'ai offert des montagnes d'or à celui qui vous arrêterait tout en priant Dieu de vous aider à fuir. Je ne peux pas supporter de vous voir au fond de ce trou!

Cinq-Mars, *pour lui-même.* – L'astrologue me l'a prédit. Si je passe ma vingt-deuxième année, je serai l'homme le plus heureux du royaume.

Louis XIII. – Quant à moi, si je passe ma quarante-deuxième année sans savoir que vous m'avez un tout petit peu aimé, je serai maudit à jamais! (*Implorant.*) J'ai si peur! La vie sans vous...

Cinq-Mars. – La vie sans moi... Moi sans la vie... (*Il se précipite aux pieds du roi et lui prend les mains.*) Oh, Majesté! J'ai si peur, moi aussi!

Le roi oblige Cinq-Mars à se relever. Il le serre contre lui en silence.

Louis XIII. – Vous n'avez plus rien à redouter !

Cinq-Mars. – Je le savais !

Louis XIII, *lui caressant les cheveux.* – Je ferais n'importe quoi pour vous revoir libre et insolent.

Cinq-Mars. – Vous êtes venu me sauver !

Louis XIII. – Je donnerais ma vie pour entendre votre rire !

Cinq-Mars, *repoussant joyeusement le roi.* – Vous serez exaucé ! Une voiture nous attend dehors ? L'astrologue avait raison !

Louis XIII. – Calmez-vous ! Je vous ai posé une question, et j'entends que vous y répondiez !

Cinq-Mars. – Quelle question ? Ah oui ! (*Avec insolence.*) Vous voulez savoir si un jeune homme courtisé comme je le suis a pu vraiment aimer un… un…

Louis XIII. – Un vieillard ?

Cinq-Mars. – C'est cela. Merci, Majesté. Ne le prenez pas mal.

Louis XIII. – Non. Et après ?

Cinq-Mars. – Ai-je pu aimer vraiment un vieillard que… qui…

Louis XIII. – Qui sent déjà la mort ?

Cinq-Mars. – Oui. On pourrait dire cela aussi.

Louis XIII. – Un jeune homme courtisé comme vous l'êtes a-t-il pu aimer un vieillard qui sent déjà la mort ?

Cinq-Mars. – J'ajouterai à cela qu'on n'a jamais vu sourire ce vieillard. Dois-je en dire plus ?

Louis XIII, *tremblant.* – J'ai eu tort de vous tenir pour un habile courtisan. Vous n'en avez même pas le talent ! Je veux savoir, Henri !

Cinq-Mars. – Eh bien, Majesté… Tout dépend de ce que l'on entend par « aimer ». Disons que… une partie de moi-même aimait être aimée de vous. La vanité, sans doute, mais pas seulement. Oh, cette question est trop difficile !

Louis XIII. – Il faut répondre, pourtant. En toute liberté.

Cinq-Mars, *désignant d'un air tragique les murs de sa cellule.* – En toute liberté ! Si vous aviez été un homme libre, Majesté, je vous aurais peut-être mieux aimé. Moi, je n'aspirais qu'au bonheur, alors que vous étiez toujours sombre. Jamais vous n'écoutiez votre cœur ni vos envies. Vous étiez entièrement subordonné à ce que vous pensiez être l'intérêt du royaume. J'étais votre seul faux pas, mais au lieu d'en être heureux vous m'en vouliez. Vous en demandiez même pardon à Dieu. Comment pouvais-je être heureux auprès de vous si vous n'étiez pas entièrement heureux d'être près de moi ?

Louis XIII, *visiblement touché.* – Mon pauvre enfant ! Tout est ma faute ! Je ne suis qu'un vieillard égoïste…

Cinq-Mars. – Non, Majesté ! Puisque je n'ai pas droit à un confesseur, je peux bien me confier à vous ! Au début, c'est vrai, j'ai accepté le défi de vous séduire. Le cardinal et ma mère m'y poussaient et, moi, pauvre sot, je ne comprenais pas qu'on se servait de moi. À cette époque, je n'avais séduit que des filles faciles… Du petit gibier. J'aurais dû m'en contenter. J'étais heureux ainsi. On riait bien, à l'hôtel de Rambouillet. On y buvait, aussi. Parfois, on se battait. C'était la belle vie. Et puis, un jour, vous avez daigné me regarder ! J'étais épouvanté parce que je n'avais jamais cru au succès de mes manœuvres. Par lâcheté, je n'ai pas su vous repousser après vous avoir attiré. Mettez-vous à ma place !

Louis XIII. – Je n'aimerais pas y être.

Cinq-Mars. – Voir un roi de si près… Son regard attentif alors qu'un seul battement de ses paupières peut signer un arrêt de mort ! Il y avait là quelque chose de... grisant ! Je me sentais le maître du monde lorsque je voyais combien mes caprices vous contrariaient. C'était si amusant de vous gâcher le plaisir d'une partie de chasse en refusant simplement de vous y accompagner !

LOUIS XIII, *dans un soupir.* – Mon pauvre enfant !

CINQ-MARS. – Plus mon emprise sur vous devenait évidente, plus les gentilshommes et les dames de la cour me recherchaient. Je ne saurais vous dire si je vous aimais, mais j'adorais ma situation. J'avais le sentiment d'obtenir enfin ce que je méritais. L'amour d'un roi ! Un destin ! Vous ne me croirez pas, mais dans cette cellule je souffre aussi de... (*dans un murmure*)... de ne plus être aimé de vous.

LOUIS XIII. – Je vous crois.

CINQ-MARS. – Dans les sables mouvants de la cour, vous étiez ma certitude. Malgré mes caprices, vos remarques me touchaient parce qu'elles étaient souvent justes. (*De nouveau plus léger.*) Mais lorsque vous m'avez accusé de trop aimer l'argent, j'ai été bien blessé. Vous ne pouvez pas savoir combien il est pénible pour un gentilhomme de ne pas pouvoir s'habiller selon son rang parce que l'avarice de sa mère le lui interdit ! Vous-même, vous me trouviez beau dans un costume à cent livres ! N'est-ce pas, Majesté ?

LOUIS XIII. – Je vous aurais trouvé beau dans une chemise à trois sous.

Cinq-Mars se tait. Il va se regarder dans la glace et ajuste sa chemise. Il passe les doigts dans ses cheveux, hoche la tête et se retourne vers le roi.

CINQ-MARS. – Même ainsi, vous me trouvez toujours beau ?

Louis XIII regarde longuement Cinq-Mars sans répondre.

CINQ-MARS. – Non, bien sûr ! (*Avec dépit.*) Tout le monde m'a tourné le dos depuis que je ne suis plus Monsieur le Grand ! Mes amis d'hier sont prêts à jurer qu'ils ne m'ont jamais connu.

LOUIS XIII. – Vous découvrez à vingt-deux ans une loi universelle ! Mais moi, je suis là, Henri !

Le roi ouvre les bras. Cinq-Mars hésite puis s'y précipite et s'y blottit comme un enfant.

LOUIS XIII. – Mon cher ami ! Je ne vous en veux pas d'avoir conspiré contre Richelieu. Je vous en veux de m'avoir obligé à vous punir. J'en suis encore plus affligé que vous. (*Il caresse doucement les cheveux de Cinq-Mars.*)

Le claveciniste revient, telle une ombre. Sans un regard pour les deux hommes, il va s'asseoir au clavecin et joue.

CINQ-MARS, *très vite et un peu honteux.* – Je vous aimais bien, Majesté ! J'aimais me voir embelli dans votre regard. En vous aimant, je m'aimais aussi, c'est vrai.

LOUIS XIII, *avec indulgence.* – Vous me tourmentiez, pourtant.

CINQ-MARS. – Parce que je me haïssais d'être devenu aussi frivole. Je voulais vous obliger à me voir aussi détestable que je me voyais moi-même, mais votre amour semblait sans limite. Alors j'ai fait le moustique ! Mais un tel amour… Majesté… forcerait le cœur le plus rétif. (*Au claveciniste.*) Tu pourras dire à ton maître que Louis le Treizième a vraiment été aimé de son favori. Qu'il le fasse écrire et que cela reste dans les chroniques pour l'édification des générations futures !

Louis XIII. – Mon cher ami ! Comme vous me consolez ! Ainsi, j'ai été aimé… Je n'osais l'espérer mais à présent vous êtes si raisonnable que je vous crois. (*Pour lui-même.*) Louis le Juste, Louis l'Aimé.

Cinq-Mars, *rêveur.* – Raisonnable !

Louis XIII. – Mais oui ! Vous avez enfin compris que votre prison n'était pas seulement entre ces quatre murs ! Le souci des apparences et le goût du pouvoir vous ont tenu jusqu'ici dans un gant de fer. Vous êtes en train de devenir un homme libre, Cinq-Mars. J'ai donné mon cœur à un homme libre !

Cinq-Mars, *désignant le claveciniste du menton.* – Chut ! Il ne faudrait pas qu'il se doute de nos projets !

Louis XIII, *mystérieux.* – Nous n'avons plus rien à craindre du cardinal.

Cinq-Mars. – Il est mort ? Exilé ?

Louis XIII. – Je mourrai avant lui si vous mourez.

Cinq-Mars. – Je ne comprends rien. Vous m'avez dit que je n'avais plus rien à craindre.

Louis XIII. – Il… il… il n'y a plus rien à craindre…

Cinq-Mars. – Faudra-t-il bientôt vous appeler Louis le Bègue ?

Louis XIII, *très vite et baissant la tête.* – Il n'y a plus rien à craindre… lorsque l'irréparable est déjà commis.

Cinq-Mars, *à mi-voix et désignant le claveciniste.* – Vous donnez le change, n'est-ce pas ?

Louis XIII. – Oh, mon ami ! Cette nuit, je me moque bien de ce que pense le cardinal ! Cela n'a plus aucune importance. Sa tyrannie ne peut s'exercer que sur un souverain désireux de gouverner. Il y en a… Mais cette nuit, Henri… Vous m'avez parlé librement, sans la déférence que l'on doit à un roi. En échange, je vous ai dépouillé des oripeaux de Monsieur le Grand. Qui voyez-vous dans cette cellule ?

Cinq-Mars. – Majesté…

Louis XIII. – Il n'y a plus de Majesté. Donc, il n'y a plus l'ombre de Richelieu entre vous et moi. Cette nuit, je suis Louis. Et…tu es Henri. Crois-tu pouvoir aimer Louis après avoir séduit Louis le Treizième ?

Cinq-Mars. – Majesté…

Louis XIII. – Monsieur le Grand… (*Il rit doucement.*) L'habitude est une vraie ceinture de chasteté ! (*Claquant des doigts sous le nez du claveciniste.*) Du vin ! (*Le claveciniste le regarde comme s'il ne comprenait pas.*) Tu ne veux pas obéir ? Pour toi, je suis encore le roi ! (*Le claveciniste détale.*) Viens près de moi, Henri.

Cinq-Mars. – Le jour va bientôt se lever. Si nous voulons nous enfuir…

Louis XIII. – Nous avons quitté nos rôles respectifs. C'est déjà un grand pas vers la liberté, non ?

Cinq-Mars, *nerveux.* – Oui, bien sûr. (*Il va s'asseoir près du roi, mais le cœur n'y est pas.*) Si on vous trouve ici…

Louis XIII. – « Si on te trouve ici »…

Cinq-Mars. – Pardon ?

Louis XIII. – Si je te dis « tu », tu dois aussi me dire « tu ».

Cinq-Mars. – Comme vous voudrez ! (*Le roi se met à rire.*)

Louis XIII. – Tu as entendu ?

Cinq-Mars, *avec inquiétude.* – Les gardes ?

Louis XIII. – Tu as entendu que j'ai ri pour la première fois de ma vie ?

Le claveciniste entre à ce moment-là avec un plateau qu'il pose sur la table. Il sert deux verres de vin et retourne au clavecin.

Louis XIII, *tendant un verre à Cinq-Mars.* – Tiens, mon ami ! Buvons à nos amours ! (*Ils trinquent et boivent.*)

Louis XIII. – Tu ne m'as pas répondu.

Cinq-Mars, *accablé.* – J'ai oublié la question.

Louis XIII. – Crois-tu pouvoir aimer Louis ?

Cinq-Mars. – Je sais qui est le roi. J'ignore encore qui est Louis. Il faut me laisser le temps…

Louis XIII. – Le temps presse.

Cinq-Mars. – Partons !

Louis XIII. – Tu veux toujours me contrarier ! Je ris pour la première fois ! Je suis presque heureux d'entendre de ta bouche que tu ne me hais pas. Je peux admirer à loisir le jeune homme que tu es réellement sans crainte de te voir fuir vers quelque gueuse du Marais. Et tu voudrais m'empêcher de goûter ce moment ? (*Attentif.*) Tu ne te sens pas bien ?

Cinq-Mars, *à contrecœur.* – Cela pourrait être pire.

Louis XIII. – Alors… donne-moi un baiser en gage de ta confiance !

Cinq-Mars embrasse furtivement la joue du roi. Le roi lui prend le visage entre ses mains et le regarde passionnément. Il approche sa bouche de la sienne puis se détourne. Cinq-Mars lui donne alors un baiser. Un bruit de cavalcade derrière la porte interrompt leur étreinte.

Cinq-Mars, *affolé.* – Qu'est-ce que c'est ?

Louis XIII. – Embrasse-moi encore si tu as peur !

Cinq-Mars. – Vous…

Louis XIII. – Tu…

Cinq-Mars. – Tu m'avais dit que je n'avais plus rien à craindre !

Louis XIII. – Notre amour n'est-il pas plus fort que tout ?

Cinq-Mars. – Si, mais…

Louis XIII, *embarrassé.* – Je n'ai rien voulu te dire pour ne pas gâcher ce moment. Si tu n'as plus rien à craindre c'est parce que… (*S'effondrant.*) Parce que l'échafaud est déjà dressé. Rien ne sert de redouter ce qui est inéluctable.

Cinq-Mars, *avec colère.* – J'ai cru à ta clémence ! (*Avec dégoût, il se frotte la bouche du revers de sa manche.*) Toute cette comédie pour un dernier baiser !

Louis XIII, *désespéré.* – Je viens te crier mon amour, et tu appelles cela une comédie ! (*Il se jette aux pieds de Cinq-Mars.*) Henri, mon bel amour ! Je donnerais ma vie pour te sauver ! Je renoncerais à ma couronne pour t'épargner la hache du bourreau ! Tu ne sais pas, toi, avec quelle violence on aime lorsqu'on n'a jamais aimé !

Cinq-Mars. – Non, en effet ! Je ne suis pas avare de mes sentiments, moi ! Je donne mon cœur, je le reprends pour le donner aussitôt à une autre quand ce n'est pas à deux à la fois ! Et je ne fais pas les comptes ! Mais je ne laisserais jamais monter à l'échafaud la moins aimable de mes maîtresses !

Louis XIII, *au désespoir.* – Tu me tues !

Cinq-Mars, *glacial.* – Je te tue ! Admirable !

Louis XIII. – Je mourrai si tu meurs !

Cinq-Mars. – Enfin une vraie consolation !

Louis XIII. – Tu me détestes !

Cinq-Mars. – Je vous baise les mains avec gratitude pour ce vilain petit spectacle dont je vais régaler vos sujets ! Vous viendrez, j'espère ! Mon dernier regard sera pour vous ! (*Il éclate en sanglots.*) Pour toi, Louis, le roi impitoyable ! (*Se jetant au cou du roi.*) Sauve-moi ! Je suis trop jeune pour mourir ! Je te promets que tu n'auras plus jamais à te plaindre de moi.

Louis XIII, *pleurant à son tour.* – Pourquoi nous as-tu obligés à en arriver là ? (*Il se ressaisit.*) Non, ne dis rien. Tout est ma faute. Je n'aurais jamais dû te laisser entendre que je souhaitais être débarrassé de Richelieu. Tu as voulu me rendre service. Tu t'es dévoué à une cause que tu croyais juste. Mais tu as mal choisi tes alliés. L'Espagne est ennemie de la France, Henri. Même pour une cause qui te semble juste, tu ne peux faire alliance avec l'ennemi. C'est un crime de haute trahison.

Cinq-Mars. – Le peuple n'en peut plus. Richelieu affame les campagnes avec toutes ces guerres inutiles. Il vous fait passer pour un tyran, mais c'est lui qui gouverne. Ah ! comme je le hais, cet hypocrite en jupon ! (*Accusateur.*) Vous aussi, vous le haïssez ! Osez dire que vous ne voudriez pas le voir mort ou en exil !

Louis XIII, *s'approchant du claveciniste et le regardant droit dans les yeux avant de répondre.* – Je remercierais le Ciel s'il me débarrassait à jamais du cardinal.

Cinq-Mars. – Ainsi je suis pardonné ! Joue, musicien ! Il nous faut célébrer la défaite de ton maître ! Ah, Louis ! je savais bien que tu ne m'abandonnerais pas ! J'ai prié nuit et jour pour obtenir ton pardon. Dieu m'a entendu !

Louis XIII ne répond pas. Il s'éloigne de Cinq-Mars et se réfugie dans le coin le plus sombre de la cellule. Cinq-Mars rassemble ses affaires à la hâte.

Cinq-Mars. – Regarde comme j'ai été sot. J'avais même écrit une lettre d'adieu à ma mère.

Il va pour la déchirer. Le roi se retourne et la lui arrache presque des mains.

Louis XIII. – Donnez-moi cette lettre, Cinq-Mars. Je la ferai remettre à votre mère.

Cinq-Mars. – Qu'est-ce que tu racontes ? Je te dis que c'est une lettre d'adieu.

Louis XIII, *glacial.* – Cinq-Mars ! Vous l'avez dit vous-même : on ne descend pas dans les grâces du roi par degré mais…

Cinq-Mars. – … par précipice, je sais ! Mais… tu m'as dit… Et ce baiser…

Louis XIII, *gêné.* – Louis est faible, mais le roi ne saurait pardonner. Si j'écoutais mes sentiments personnels, je ferais peser de graves dangers sur le destin de la France.

Cinq-Mars. – Louis !

Louis XIII. – Majesté, je vous prie…

Cinq-Mars. – Qui se soucie de la France ? Il s'agit de ton bonheur. Et du mien. Tu ne peux pousser le sens du devoir jusqu'à laisser exécuter une sentence que tu crains plus encore que moi-même !

Louis XIII. – Seul le devoir guide la vie d'un roi. La raison d'État est la seule chose raisonnable dans le cœur d'un souverain.

Cinq-Mars, *désespéré.* – Louis !…

Louis XIII. – Majesté !

Cinq-Mars. – Le cardinal parle par votre bouche ! Son ambition personnelle réclame un mort de plus ! Vous ne voyez donc pas que votre ministre a les mains aussi rouges que sa robe ? Toutes ces guerres… Tous ces traités de paix dont il entrave la conclusion afin de rester indispensable !

Louis XIII. – Lui au moins n'aurait jamais signé dans mon dos ce traité indigne avec l'Espagne. Vous êtes un piètre diplomate, Cinq-Mars.

Cinq-Mars. – Je suis peut-être naïf, Majesté, mais j'ai moins de morts sur la conscience que vous ! Toutes ces guerres…

Louis XIII. – Vous parlez trop d'une chose que vous n'avez jamais été capable de faire. Moi, je n'ai jamais su envoyer mes soldats à la boucherie. Je les y ai conduits en personne. (*Prenant sur la table la lettre à Mme d'Effiat.*) Je porterai moi-même cette lettre à votre mère. (*D'une voix brisée.*) Adieu Cinq-Mars.

Le roi replace sur sa tête le capuchon de moine et s'apprête à sortir. Le claveciniste le regarde, atterré. Cinq-Mars, feignant l'indifférence, retourne s'admirer dans le miroir.

Cinq-Mars. – Vingt-deux ans ! Si je survis à cette épreuve, je serai le plus heureux des hommes ! (*À ces mots, le roi s'arrête.*) Je saurai être un mort encombrant. Si je péris, le roi n'aura jamais assez de larmes pour me pleurer. J'ai déçu Sa Majesté par mes aspirations trop simples : une charge prestigieuse pour exister aux yeux du monde et une épouse selon mon cœur qui, elle, me voulait selon son rang. Je ne demandais que le bonheur. C'était trop compliqué pour l'entendement d'un roi. Mais qui, cette nuit, est le plus misérable de nous deux ? (*Se retournant vers le roi.*) Qui ?

Louis XIII, *sans conviction.* – Je vous prie, Cinq-Mars, de respecter la bienséance.

Cinq-Mars, *éclatant d'un rire amer.* – La bienséance ! Vous entrez comme un voleur dans ma cellule pour m'arracher un dernier baiser, et vous réclamez des égards !

Louis XIII, *au claveciniste.* – Qui m'a vu entrer ici ? Toi ?

Le claveciniste nie vigoureusement de la tête.

Cinq-Mars. – Cet acharnement de deux vieillards à envoyer à la mort un jeune homme en pleine santé…

Mais je suis aussi populaire que le cardinal est haï ! Aussi admiré que vous êtes méprisé ! Ah, le beau roi pour une belle France à feu et à sang ! Je suis heureux de mourir avant la débâcle finale !

Louis XIII. – Cinq-Mars !

Cinq-Mars. – Henri.

Louis XIII. – Plaît-il ?

Cinq-Mars. – Appelez-moi Henri. Ne suis-je pas votre seul ami ?

Louis XIII, *vaincu.* – Le plus cher de tous les amis. Oh, Henri… Je n'étais pas fait pour être roi. Toute mon âme voudrait vous sauver, mais le plus puissant personnage du royaume n'a même pas le pouvoir de sauver son unique amour.

Cinq-Mars. – Le roi a tous les pouvoirs, sauf celui d'être heureux.

Louis XIII. – Si je te graciais, je commettrais une injustice. Or je me dois de renvoyer à mes sujets l'image qu'ils ont de moi. Celle d'un roi juste.

Cinq-Mars. – Mais Richelieu…

Louis XIII. – Richelieu est le plus grand serviteur que la France ait connu. J'ai hérité d'un fardeau, Henri. Je le supporte bien plus que je ne l'assume. En étant mon guide et mon soutien, Richelieu m'en soulage.

Cinq-Mars. – Alors, tout est dit.

Louis XIII. – Non. Pas tout. Je vous aime, Henri.

Cinq-Mars ne répond pas. Le claveciniste se remet à jouer.

Cinq-Mars, *égrillard.* – N'était-ce pas la musique que l'on jouait dans ma chambre lorsque Fontrailles me surprit ? J'étais en train de m'enduire tout le corps d'huiles parfumées, et je lui dis que c'était pour mon seul plaisir. Il faisait semblant de me croire lorsque vous fîtes irruption. La cour en a fait des gorges chaudes pendant au moins quatre semaines !

LOUIS XIII, *sévère.* – Fontrailles a été puni pour son indiscrétion.

CINQ-MARS. – Cela n'a rien changé à la vérité de cette anecdote !

LOUIS XIII, *sans conviction.* – Vous devriez avoir honte.

CINQ-MARS, *candide.* – Moi ? Je suis ordinairement épris des femmes ! Furieusement, même ! Je n'ai fait exception que pour vous plaire !

LOUIS XIII. – Vous n'êtes qu'un dépravé.

CINQ-MARS. – Un dépravé que vous nommiez bien souvent « mon cher ange » ! Avez-vous imaginé votre vie sans moi ? Qui va recueillir vos confidences ? Qui réchauffera votre lit lorsque la peur de la mort viendra vous hanter ? Qui prendra parti pour vous lorsque le cardinal vous tourmentera ? Vous allez être bien seul. Comme je vous plains ! Il vous restera la musique… (*Il s'approche du claveciniste.*) Je sais qu'elle vous console et vous calme. Vous pouvez écrire sur le papier à musique les tourments pour lesquels vous ne trouvez pas de mots. Vous vouliez écrire un « De profundis », m'aviez-vous dit. C'est le moment. Mais je parle, je parle, Majesté, alors que la France a besoin de son roi tout dévoué. Adieu, Majesté ! Et merci de m'avoir fait la faveur exceptionnelle de me manifester cette nuit un peu d'humanité. Je partirai moins seul, tandis que vous… vous le serez à jamais. Allons ! Adieu !

LOUIS XIII. – Seul ! (*Avec douleur.*) Seul… Vous me reprochez de faire primer la raison d'État sur la raison amoureuse. Mais je lui ai déjà tant sacrifié… Toutes mes affections piétinées. Le bonheur familial interdit. Mon épouse sans cesse suspectée alors que j'aurais dû m'appliquer à l'aimer. Le petit dauphin lui-même me craint et refuse de me nommer son père. J'ai trahi tous mes amis pour ne pas trahir l'État.

Cinq-Mars. – Vous seul avez choisi.

Louis XIII. – Une fois, seulement, j'ai failli devenir maître de moi-même. C'était peu après l'exécution de Montmorency. Décapiter un ami est une épreuve à laquelle un roi doit savoir se soumettre. Mais lorsqu'il m'a en plus fallu renoncer à Louise... Vous comprenez... Mon cœur piétiné... brisé. C'était trop. Alors, dans le secret de mon cabinet, j'ai sérieusement songé à renoncer au trône. Vous connaissez maintenant mon plus intime secret.

Cinq-Mars. – Je n'ai pas à entrer dans les secrets des rois. Jusqu'à présent, cela ne m'a pas vraiment porté chance. Adieu, Majesté !

Louis XIII. – J'ai caressé ce rêve si doux d'abandonner la couronne... M'appartenir enfin ! Aurais-je eu le bonheur de vous avoir pour ami si je n'avais pas été le roi ?

Cinq-Mars. – C'est parce que vous êtes roi que vous me perdez aujourd'hui.

Louis XIII, *ému*. – Henri... Mon cher ami...

Cinq-Mars. – Majesté ?

Louis XIII. – Tu me demandes de choisir ? Tu me demandes de te sacrifier ma couronne ?

Cinq-Mars, *rattrapant le claveciniste qui tente une nouvelle sortie*. – Mais non ! Tu vois bien que Sa Majesté plaisante ! D'ailleurs, il n'est jamais venu ici. (*Il rassoit de force le claveciniste sur son siège.*)

Louis XIII. – Si j'abdiquais, je pourrais te sauver ! Mes décisions n'auraient plus aucune importance puisque je ne serais plus roi !

Cinq-Mars. – Majesté...

LOUIS XIII, *visiblement saisi de malaise.* – Louis… appelle-moi Louis… je ne suis plus roi.

CINQ-MARS. – Mon Dieu ! (*Au claveciniste.*) Il va mal ! De l'eau, vite ! (*Le claveciniste va pour sortir.*) Non, reste là ! Mon Dieu, que faire ?

Le claveciniste retourne au clavecin et, comme si c'était en effet la seule chose à faire, il joue.

LOUIS XIII. – Comme tu es aimable de te soucier de moi ! Qui suis-je, Henri ?

CINQ-MARS. – Vous êtes… Il me semble que vous êtes Louis… Louis le Treizième, roi de France.

LOUIS XIII, *s'allongeant sur le lit et parlant d'une voix mourante.* – On m'appelle Louis le Juste parce que je suis né sous le signe de la Balance. Je suis né comme tu vas mourir : en public.

CINQ-MARS. – Oui, Majesté. À présent, si vous en avez la force… Vous devez partir… Le jour se lève… (*D'une voix étranglée.*) Et mon heure va bientôt sonner.

LOUIS XIII. – Mon heure était arrivée… On attendait un dauphin depuis cinquante-huit ans, mais personne n'a jamais pris soin de moi. Sauf mon père. Il me faisait répéter en public les gestes obscènes qu'il m'obligeait à apprendre. Il ne m'a jamais enseigné autre chose. Sa mort m'a fait roi à huit ans. Ensuite, les autres ont tout fait pour faire de moi un imbécile. Dès l'enfance, j'ai dû lutter contre les miens pour les obliger à me considérer comme roi.

CINQ-MARS, *sans conviction.* – Vous reprenez des couleurs… Vous devriez partir…

LOUIS XIII. – Un jour, peu après mon mariage, un serviteur de ma mère est venu m'ordonner d'être moins bruyant en raison d'une migraine de la favorite. J'ai fait exécuter la favorite et exiler ma mère à Blois. Si elle m'avait reconnu comme fils au lieu de me préférer ses carlins, peut-être n'aurais-je pas eu besoin d'asseoir si violemment mon pouvoir royal. Mais il faut bien trouver sa place dans la vie, Henri. Et essayer de s'y maintenir une fois qu'on l'a trouvée. Mon grand malheur vient de ce que ma vie est davantage gouvernée par le souci du regard des autres que par ma propre volonté. Comme la tienne avant ce soir. Mais moi, je n'ai pas choisi. À présent je suis vieux. Malade. Aimé de personne. Je n'ai plus que toi, Henri. Si je te perds, je me perds aussi. Autant donner mon propre cou à la hache du bourreau. Je ne veux plus être roi. L'habit est trop grand pour moi.

CINQ-MARS, *de plus en plus agité.* – Partez, Majesté ! Je ne crains pas la mort !

LOUIS XIII. – Dis-moi encore que tu m'aimes !

CINQ-MARS. – Je ne veux pas vous mentir.

LOUIS XIII. – Tu ne vois pas combien je souffre ?

CINQ-MARS. – Oubliez d'être Louis, et le roi ne souffrira plus !

LOUIS XIII, *se relevant.* – Oublie un instant que tu es roi et Louis sera enfin heureux. Henri, écoute-moi !

CINQ-MARS. – Partez, Majesté !

LOUIS XIII, *désignant l'escalier dérobé.* – Tu vois, en haut de cet escalier ? Il y a une porte dérobée.

CINQ-MARS, *désignant le claveciniste avec épouvante.* – Taisez-vous !

LOUIS XIII. – Je le ferai exécuter avant qu'il n'ait le temps de parler.

CINQ-MARS. – Non ! Assez de sang ! Ce malheureux ne fait qu'obéir pour survivre. (*Au claveciniste.*) Va-t'en ! (*À ce moment, on entend de nouveau des bruits de pas.*) Non, reste ! Mais tâche de t'appliquer à ne pas nous entendre !

Épouvanté, le claveciniste retourne au clavecin et joue avec conviction la musique la plus bruyante qui soit.

LOUIS XIII, *désignant toujours l'escalier dérobé.* – Cette porte… J'ai la clé ! Regarde ! (*Il sort une clé de sa poche.*) Elle est à toi ! (*Il essaie de glisser la clé dans la main de Cinq-Mars qui se dérobe.*)

CINQ-MARS, *méfiant.* – Que voulez-vous en échange ?

LOUIS XIII. – Ma conscience en paix. La consolation de savoir qu'un radieux jeune homme pense encore à moi. Quelquefois. Quelque part.

CINQ-MARS. – Que me donnez-vous en échange ?

LOUIS XIII. – Mais… en échange de quoi ?

CINQ-MARS. – Toute chose a un prix. Que me donnez-vous en échange de votre bonne conscience ?

LOUIS XIII. – Ingrat ! Je t'offre la vie !

CINQ-MARS. – Seul Dieu a ce pouvoir.

LOUIS XIII. – Mais que veux-tu, à la fin ? Parle !

Cinq-Mars ne répond pas tout de suite. Il va d'abord enfiler quelques pièces de son vêtement et s'admirer dans la glace.

CINQ-MARS. – Majesté, je veux votre pardon.

Le roi sursaute. Il s'approche de Cinq-Mars et l'aide à se vêtir. Soudain, il lui prend le visage entre ses mains et l'embrasse tendrement au front.

LOUIS XIII. – Tu n'as rien à te faire pardonner, mon enfant.

CINQ-MARS. – Mais… La raison d'État…

LOUIS XIII. – Laissons la raison d'État aux rois et aux ministres.

On entend des pas précipités, des bruits et des rires gras juste derrière la porte. Le roi dissimule son visage sous son capuchon. Cinq-Mars jette un regard affolé au roi qui, les mains jointes, joue parfaitement son rôle d'homme d'Église en prière.

CINQ-MARS, *se jetant aux pieds du roi.* – Protégez-moi !

LOUIS XIII, *marmonnant. – Pater noster…*

CINQ-MARS, *effrayé.* – Ils vont entrer ! Dites-leur quelque chose !

LOUIS XIII. – Mon fils, il faut vous résigner à la volonté de Dieu.

CINQ-MARS, *se relevant et s'adressant à la cantonade.* – La volonté de Dieu ! Aucun être humain ne devrait avoir le droit de reprendre ce que Dieu a donné ! À qui va servir ma mort ?

Le bruit cesse derrière la porte.

LOUIS XIII. – Chut ! Je suis sûr qu'ils nous épient.

CINQ-MARS, *parlant délibérément plus fort.* – La vie est le seul cadeau que nous recevions tous, sans aucune distinction de race, de rang, ni de religion. Même les animaux y ont droit ! Ôter la vie, c'est nier absolument la beauté exceptionnelle de ce don.

LOUIS XIII. – Il me semble qu'on vous a jugé pour avoir voulu ôter la vie au cardinal !

CINQ-MARS. – Tuer le cardinal aurait permis de sauver bien des vies ! Moi, je ne suis un danger pour personne. Mais c'est au nom de cet État censé protéger les personnes qu'on organise froidement des exécutions capitales. Tuer autrui doit rester un crime, un poids pour la conscience.

Personne ne se sent responsable d'une mort programmée par les juges.

LOUIS XIII, *à voix basse.* – Taisez-vous ! Vous allez nous faire remarquer.

CINQ-MARS. – Ce sont toujours les puissants qui coupent la tête aux plus faibles. Si le peuple avait un jour le pouvoir de juger lui-même, nul doute que les juges aboliraient la peine de mort.

LOUIS XIII. – Il n'est pas encore né, le jour où l'on fera tomber en France la tête d'un roi !

CINQ-MARS, *à voix basse.* – Fuyons ! (*Il fouille dans l'habit du roi, lui prend la clé et se précipite vers la porte dérobée. Il essaie de l'ouvrir, en vain.*) Condamnée. Comme moi.

Derrière la porte principale, on entend de nouveau des bruits de pas qui enflent puis s'éloignent. Louis XIII et Cinq-Mars restent aux aguets jusqu'à ce que le silence retombe.

CINQ-MARS. – Vous auriez dû leur ouvrir la porte. Un mot de vous, et j'étais sauvé !

LOUIS XIII, *pitoyable.* – Je ne pouvais pas !

CINQ-MARS. – Vous m'avez menti à propos de la porte.

LOUIS XIII, *de plus en plus misérable.* – Je ne comprends pas...

CINQ-MARS. – Alors tuez-moi vous-même ! (*Il écarte les pans de l'habit de moine que porte le roi et lui arrache son épée qu'il lui tend.*) Allez-y ! Je veux mourir par la main qui me condamne.

LOUIS XIII, *lâchant l'épée.* – Vous êtes fou...

CINQ-MARS. – Ah ! la belle lâcheté des tyrans ! On torture, on décapite en votre nom, mais vos mains restent propres ! Personne ne peut vous reprocher le moindre crime ! (*Lui remettant de force l'épée dans les mains.*) Allez ! Frappez, puisque tout est perdu à présent !

LOUIS XIII, *rangeant son épée.* – Dieu, pour nous sauver tous, a sacrifié son fils. Moi, je ne suis qu'un homme. Un chrétien. Je ne peux pas tuer.

CINQ-MARS. – Le bourreau n'est-il pas chrétien, lui aussi ? Ah, mais il y a les ordres ! L'obéissance en guise d'absolution ! La tête d'un homme roule dans la sciure, mais nul ne peut être nommé criminel. Que répondez-vous à cela ?

LOUIS XIII. – Nul n'aura ta mort sur la conscience. Tu seras sauvé. Chut ! Viens !

CINQ-MARS. – Où allons-nous ?

LOUIS XIII, *exalté.* – Rien ne pourra plus jamais nous séparer.

CINQ-MARS. – Inutile ! Nous aurons les gardes à nos trousses !

LOUIS XIII, *désignant le claveciniste.* – Tant que notre ami continuera de jouer, personne ne soupçonnera notre fuite. (*Le roi se saisit d'une plume et d'une feuille et se met à écrire fébrilement.*) Tiens ! Ce document te donnera un titre et une terre. Par dernière volonté royale. (*Le claveciniste cesse de jouer pour se saisir du document.*) Non ! Tu dois jouer jusqu'au retour des gardes. (*Il lui met le document sous les yeux.*) Nous sommes bien d'accord ? (*Le claveciniste acquiesce avec enthousiasme.*) Il est finalement bien facile de lutter contre Richelieu !

CINQ-MARS. – Il est vraiment muet. Je n'ai jamais vu quelqu'un tenir sa langue en recevant une faveur royale. Où allons-nous ?

LOUIS XIII, *désignant la porte dérobée.* – Fuyons !

CINQ-MARS, *avec découragement.* – Vous n'avez pas la clé.

Louis XIII. – Si tu ne crois pas en moi, je ne pourrai pas te sauver. (*Il sort de sa poche une deuxième clé.*) Regarde !

Cinq-Mars, *désignant la porte principale.* – Une parole de vous, et je sortais d'ici en homme libre !

Louis XIII. – Une parole de moi à ces gardes, et l'on aurait dit dans le royaume que j'encourage toutes les rebellions. Viens !

Cinq-Mars. – Où ?

Louis XIII. – Ne m'oblige pas à réfléchir. J'aurais trop peur de changer d'avis !

Cinq-Mars. – Vous allez être la risée de tous. Enlever un favori en pleine nuit !

Louis XIII. – Si tu préfères, nous pouvons attendre qu'il fasse jour !

Cinq-Mars. – Je vous en supplie, ne plaisantez pas !

Louis XIII. – Lorsque tu t'ennuyais à Saint-Germain, tu me reprochais de n'avoir aucun goût pour la plaisanterie ! Je vais changer pour toi, Henri. Je vais être le compagnon dont tu as toujours rêvé.

Cinq-Mars. – Je n'ai jamais rêvé d'un compagnon. Laissez-moi, Majesté ! J'ai encore quelques affaires à régler, et je dois mettre mon âme au clair avant le grand passage.

Le roi ne lui répond pas. Il jette toutes les affaires de Cinq-Mars sur le lit et fait un baluchon avec la couverture.

Cinq-Mars. – Il n'y a pas d'issue. Partez !

Louis XIII. – Tu refuses la vie ?

Cinq-Mars. – Quelle vie ?

Louis XIII. – Tu préfères la certitude de la mort à l'incertitude de la vie ? Nous réfléchirons plus tard. Lorsque tout le monde nous aura oubliés.

Cinq-Mars. – Non. Je ne veux pas être oublié. Je veux être pardonné et redevenir Monsieur le Grand.

Louis XIII. – Je suis prêt à renoncer au trône pas amour pour toi, et toi, tu ne peux pas vivre sans te sentir puissant ?

Cinq-Mars. – Il est plus facile de renoncer à un fardeau que d'abandonner des privilèges chèrement acquis. Que diront mes amis s'ils me savent en fuite et responsable peut-être d'une abdication qui pourrait leur coûter cher ?

Louis XIII. – Tu n'as plus d'amis. Allons, viens ! *(Il essaie d'entraîner Cinq-Mars de force.)*

Cinq-Mars. – Une dernière fois, Majesté, j'implore votre pardon !

Louis XIII. – Impossible !

Cinq-Mars. – Je ne veux pas vivre à n'importe quel prix ! Je suis né pour la gloire et les plaisirs. À Paris, une princesse m'attend, et j'ai un parti de trois cents gentilshommes. Le cardinal est vieux, malade. Il mourra de toute façon bientôt. Allons à Paris !

Louis XIII. – La tyrannie du cardinal est moins grave que celle du pouvoir. N'insistez pas, Cinq-Mars. Je ne peux pas accorder votre grâce. Je peux juste entrer dans la clandestinité en vous sauvant la vie. Venez-vous, à la fin ?

Cinq-Mars. – Pour être à jamais votre obligé ? Pour traîner ma jeunesse dans l'ombre sale de l'anonymat ? Pour que mon nom soit à jamais attaché à la folie que vous allez commettre par amour de moi ? Non, Majesté. Si vous restez un grand roi, je resterai dans l'histoire comme un grand favori. Je vous demande juste de m'épargner l'infamie d'avoir les mains liées et les yeux bandés lorsque j'irai à l'échafaud.

Louis XIII. – Henri !

Cinq-Mars. – La prédiction était vraie, malgré tout. La mort va m'offrir un destin. La vie que vous me proposez me ferait tomber dans l'oubli. Quant à vous… Le sacrifice de ceux que vous aimez est la rançon de votre règne glorieux. L'homme n'est pas maître de sa position dans l'existence.

Louis XIII, *dans un murmure.* – Je suis roi de naissance…

Cinq-Mars, *sur le même ton.* – … et si vous aviez les sentiments des hommes simples, vous ne seriez pas le roi. Je ne me supporte plus entre ces quatre murs. (*Désignant la porte principale.*) En passant cette porte, je laisserai s'accomplir le destin d'un grand de ce monde. J'irai serein, je vous le promets. Allons, aidez-moi à faire bonne figure ! (*Il arrange les dernières pièces de son costume.*)

Louis XIII, *brisé, et serrant Cinq-Mars contre lui.* – Henri !… Non ! je ne veux pas.

Cinq-Mars, *le repoussant doucement.* – Je vous en prie, Majesté. J'ai le cœur ferme et l'âme en paix. Nous avons perdu une partie, mais nous avons déjoué bien des pièges. Je suis sûr que l'Histoire nous dédommagera de ces adieux pénibles. (*Il hésite, tend une main vers le roi et la laisse retomber.)*

Louis XIII, *se saisissant de cette main et la portant à ses lèvres.* – J'ai sous-estimé ta grandeur, Henri. Si Dieu l'avait voulu, tu aurais fait un grand homme d'État !

Cinq-Mars, *bouleversé.* – Vos paroles me consolent, Majesté. Ainsi, vous m'autorisez à laisser mon destin s'accomplir. Quant à vous, restez le roi tout-puissant ! C'est ma dernière volonté.

Louis XIII, *pleurant.* – Tu sais bien que je ne t'ai jamais rien refusé !

Cinq-Mars. – C'est bien ainsi. Si ce claveciniste sait tenir sa langue, nul ne saura jamais que vous avez eu ce moment de faiblesse.

LOUIS XIII. – J'ajouterai ce secret au poids de mon fardeau. Puis au chagrin s'ajoutera le remords…

CINQ-MARS, *sincèrement.* – Je vous plains, Majesté. Quant à moi, je n'ai plus peur. La vie est comme l'amour. Rien ne sert de s'y accrocher lorsqu'on n'a plus rien de bon à en espérer. (*Il se regarde longuement dans le miroir et se parle à lui-même.*) Ce visage… Je croyais qu'il n'avait plus de mystère pour moi.

LOUIS XIII, *pour lui-même.* – On n'est jamais aussi bien trahi que par soi-même.

CINQ-MARS, *parlant toujours à son reflet.* – Grand Écuyer ou condamné à mort, j'ai toujours le même visage. Comme c'est étrange ! Et pourtant… (*Il dessine sur le miroir son visage du bout du doigt.*) J'étais un beau jeune homme. (*Il pose son chapeau sur sa tête et se tourne vers le roi, qu'il salue très bas et très respectueusement.*) Adieu, Majesté !

Il sort majestueusement, splendide et fier dans son costume doré. Le roi recule dans l'ombre et monte péniblement les quelques marches de l'escalier dérobé. Il ouvre la petite porte. Très facilement, sans clé. Un flot de lumière jaillit.

Le roi soudain se redresse et ôte d'un mouvement sec son habit de moine. Dessous, il porte des vêtements dignes de son rang. Il se tourne une dernière fois vers la porte que vient de franchir Cinq-Mars et salue dans sa direction comme seuls les rois saluent.

LOUIS XIII. – Adieu, Monsieur le Grand !

Remerciements

Je tiens à remercier chaleureusement Raphaële Lannader et Philip Plisson.

Cet ouvrage a été composé
par Soft Office, à Eybens (Isère)

Impression réalisée par

PRÉSENCE GRAPHIQUE

en septembre 2014
pour le compte des Éditions Écriture,
département éditorial
de la S.A.S. Écriture-Communication.

Imprimé en France
N° d'impression : 091449282
Dépôt légal : octobre 2014